新潮文庫

いなくなれ、群青

河野　裕著

JN287014

新潮社版

10048

目次

プロローグ　7
一話、ひとつだけ許せないこと　17
二話、ピストル星　99
三話、手を振る姿はみられたくない　225
エピローグ　312

いなくなれ、群青

どこにもいけないものがある。

さびついたブランコ、もういない犬の首輪、引き出しの奥の表彰状、博物館に飾られた骨格標本、臆病者《おくびょうもの》の恋心、懐《なつ》かしい夜空。

みんな、停滞している。未来に繋《つな》がることはなく、思い出の中で、寒さに震えるように身を縮こめている。それらは悲しいけれど、同時にささやかな安らぎも持ち合わせている。少なくとも彼らが、なにかに傷つくことはもうない。

僕の日常も、そんな風でよかった。

なにもかも全部終わってしまって、エピローグの翌日から始まるような。スタッフロールが流れ終えて観客が席を立ったあとの静寂みたいな安心を求めていた。

「君はオレによく似ているね」

と一〇〇万回生きた猫は言った。

「どこが似ているの?」

　と僕は尋ねた。

　一〇〇万回生きた猫は、なんだか苦しんでいるようにもみえる表情で、笑う。

「まるで、愛を避けて歩きたがっているみたいだ」

　彼は脚の長いスタンドライトみたいな青年だった。ひょろりとしていて、黒く大きなつばつきの帽子を被《かぶ》っている。僕のひとつ上だと聞いたから、きっと一七歳だろう。けれど彼が授業に出ている様子はなかった。大抵は校舎の屋上で、図書室から持ち出した本をめくりながら、紙パック入りのトマトジュースを飲んでいる。

　僕たちは銀色の手すりに背を預け、冷たいコンクリートの上に並んで座っていた。そろそろコートを用意した方がいいなと僕は思う。山の中腹に建つ校舎の、さらに屋上ともなると、風をさえぎるものなんてなにもない。もう一一月も半ばだ。これから毎日、気温が下がる。

「結局オレは、誰も愛することができなかったんだよ」

　一〇〇万回生きた猫はトマトジュースのストローに口をつけて、すぐに離す。

「あるいは、心の底から彼女だけを愛していたのかもしれない。それはわからない。もう覚えていないし、どちらでも同じことだ」

　彼はもちろん、猫ではない。

きっと一〇〇万回も生きてはいない。

でも彼の前世がなんであれ、彼の人生が何度目であれ、僕には関係のないことだ。彼は一〇〇万回生きた猫だと名乗った。ならそれでいいのだと僕は思う。

「飼い猫の人生について、想像したことがあるかい？」

と彼は言った。

「猫なら人生とは呼べない」

と僕は答えた。

「人間の言葉にはあまり慣れていないんだよ。大目にみて欲しいね」

「うん。僕が悪かった」

「素直な人間は好きだよ。とはいえ飼い猫に素直にならない人間なんて、どこにもいないけどね」

「君は今でも、誰かに飼われているの？」

「そんなわけがない。ここにいるのは捨て猫と、捨てられた人間だけだ」

「悲しい話だね」

「まったくだ。でも飼い猫の生活よりは、多少なりともマシかもしれない。終わった愛の残骸《ざんがい》に絡《から》まっているよりも、さっさと捨ててくれた方がマシかもしれない」

「僕には、終わった愛なんてものを想像できないな」

「君は夢のようなことを言うね」

そうかもしれない、と僕は答えた。それからとくにあてもなく空を見上げた。

夢のようだというのなら、ここでの生活の方が夢のようだ。

僕たちの学校の正門には、柏原《かしはら》第二高等学校と表札が出ている。でもその名前を誰かの口から聞いた記憶はない。小さな島にたったひとつだけある学校だから、日常的な生活では固有名詞なんて必要ない。ただ学校といえば事足りる。

この島は外界から隔絶されている。僕たちにとって世界とはほとんどこの七平方キロメートル程度のちっぽけな島で、しかもその七割は人の住まない山岳だ。僕はこの島にやってきて、三か月ほど経《た》つけれど、未《いま》だにここでの生活に現実味なんてない。

一〇〇万回生きた猫は言った。

「飼い猫は愛されるのが仕事なんだよ。なんでも仕事になると、疲れちゃうんだ。もう愛されるのはうんざりだ」

君は夢のようなことを言うね、と僕は応《こた》えた。彼は肩をすくめただけで、僕の言葉を聞き流したようだった。

「オレは一〇〇万回の人生で、一〇〇万回、幸せについて考えた」

「答えはわかった？」

「どこかでわかっていたなら、一〇〇万回も考えない」

「そりゃそうだね」

「でも、なんとなく予想はついたよ。つまり幸せってのは風を感じることなんだ」

「ずいぶん詩的だ」

「猫はおしなべて詩的だよ。君は詩的じゃない猫に出会ったことがあるかい？」

「どうかな。たいていの猫は喋《しゃべ》らないから」

「沈黙は詩的だよ」

常識じゃないか、といった風な目で、彼はこちらをみた。それからまたトマトジュースのストローに口をつけて、話を戻した。

「風を感じるってのはね、つまり移動しているってことなんだ。大きな字で幸せって書いた黄色い旗が、どこかにぽつんと立っているとしよう」

僕は黄色い旗について想像する。それは遠い場所にある。大海原の向こうのかすかにみえる大陸で、風も吹かずにだらんと垂れ下がっている。

一〇〇万回生きた猫は続ける。

「でもね、その旗の下で丸まってりゃいいってもんじゃないんだよ。そこがどんな楽園でも、満ち足りた場所でも、停滞していると幸せとは呼べない。旗に向かってにじり寄っていく、その移動こそが幸せの本質だ」

「言いたいことはわかるよ」

「だろう？　つまり飼い猫の正反対なんだよ、幸せってやつは」

「それから、この島の正反対でもある」

僕らはどこにも移動できない。

あるいは僕の理想そのままに、どこにも繋がっていない。

「まったくだ」

一〇〇万回生きた猫は目を細めて、ほんの短く鼻で笑った。

それからしばらく、僕たちはとるに足らない話をしていた。たとえば猫の自由と風の自由の違いについて、たとえば言葉を知らない動物たちの思考方法について。だいたいは彼が持論を展開して、僕はそれに相づちを打っていた。彼はいつも本ばかり読んでいるから、たまには誰かに話を聞いて欲しいんだろう。

僕はひとの話にただ相づちを打っているのが好きだ。中でも具体性のない、現実には影響しない、毒にも薬にもならないような話が特に良い。だから一〇〇万回生きた猫は好ましい。

でも日が暮れてきたころ、寒さに耐えられなくなって、僕は立ち上がった。

「もう帰るのかい？」

「うん。明日にでもまた来るよ」

僕たちはほんの短い時間、向かい合って別れの挨拶《あいさつ》を交わす。

「さよなら」

「さよなら」

一〇〇万回生きた猫の向こうには夕陽が浮かぶ空があり、それを受けてきらきらと輝く海があり、海辺と山のふもとにひとつずつ、身体《からだ》を丸めた子猫のような小規模な街がみえる。赤い屋根があり、青い屋根がある。でも壁はその大半が白だ。どうして外壁にもっとも汚れやすい色を使うのだろう？　少し不思議だ。

景色の中の明るい部分はすべて夕陽で薄紅色に染まっている。あちこちに色の濃い影がうずくまっている。山のふもとの街からまっすぐに階段が伸び、中腹にある僕たちの学校に繋がっている。

ここは階段島《かいだんとう》と呼ばれる。

階段はさらに山頂へと向かって伸び、その上には魔女が住む館《やかた》があるらしいとの噂《うわさ》だけれど、真実はわからない。

＊

これは階段島の物語だ。

島にはおよそ二〇〇〇人が暮らしている。店の数が少ないから不自由に感じることも多いけれど、事件らしい事件は起こらないし、晴れた夜には圧倒されるような星空をみることだってできる。僕たちはここで平穏な日常を送っていて、そして、誰ひとりとして島を出ることはできない。

どうして僕たちがこの島にやってきたのか、知る人はいない。全員が綺麗《きれい》さっぱり、そのときの記憶を失っている。

たとえば僕には、およそ四日ぶんの記憶がない。

僕がこの島にやってきたのは、八月の末のことだった。二五日に家を出て、本屋に行くために近所の公園を突っ切ろうとしたあたりまでは覚えている。次に意識を取り戻したのは二九日で、そのとき僕は脈絡もなく階段島の海岸に立っていた。まだウサギを追いかけて穴に落ちたアリスの方が納得できる。この島の住民たちは、過程をすっとばしていつの間にかこの島に迷い込んでいる。

どうやらここは、捨てられた人々の島らしい。人づてにそう聞いた。

いったい誰に、どんな風に捨てられたのかはわからない。ぽんと人間を捨てていける島なんてものが、現代社会に存在できるとも思いがたい。

でも「ここは捨てられた人々の島です」と説明を受けた時、不思議と素直にその言葉を受け入れられた。別段、悲しみも混乱もなく、「ああ僕は捨てられたのだな」と納得した。それからまだ一六歳だというのに住む場所さえないのはなかなかハードな人生だなと他人事のように考えた。実感がなかったのだろう。

実際には、暮らす場所や食べ物に関する現実的な問題はほとんど発生しなかった。それから三か月ほど、僕はのほほんと平穏に生きてきた。島にたったひとつだけの学校に通い、山のふもとにある寮で暮らし、気が向けば簡単なアルバイトをして、たまに屋上で一〇〇万回生きた猫と話した。思い返せば、むしろこの島を訪れるまでよりも安定した日々だったように思う。

階段島という場所は、もちろん謎《なぞ》に満ちている。

ここがどんな由来でできた、どういった場所なのか、正確に答えられる人間は誰もいない。正確ではなくとも、説得力のある話さえ聞いたことがない。

ある人は吐き捨てるように、ここは死後の世界なんだよと言った。別のある人は興奮した様子で、政府が秘密裏に用意した実験施設だと語った。高額でいらない人間を引き取る企業が持つ島だなんて噂もあるし、なにもかも夢のせいにする人もいた。どれも根拠のない話だ。

僕はこの島について、ひとつの仮説を持っている。

それは死後の世界と同じくらいに、あるいはそれ以上に現実味のない仮説だし、高額でいらない人間を引き取る企業が成立するなんて噂よりも救いのない話だ。

僕はその仮説を、これまで誰かに話したことがない。

おそらくはこれからも、誰にも話しはしないだろう。

僕はこの島の真実なんてものを解き明かしたいとは思わない。一〇〇万回生きた猫は移動こそが幸福の本質だと語った。でも僕は安定した停滞が嫌いじゃない。それは幸福からは遠い場所にあるのかもしれないけれど、同時に不幸からも遠い場所にある。不幸じゃなければ、幸福だと言い張ることだってできる。

この島は少なくとも今のところ、安定した停滞の中にある。だから僕は階段島の真実なんてものを求めはしない。そのつもりだった。

僕の奇妙だけれど安定した日常が崩れたのは、一一月一九日の、午前六時四二分だった。そろそろ冬になるころの夜が明けたすぐ後、吐く息が初めて白くなった朝に、彼女の顔を見たとたん何もかもが大きく動き出すのを感じた。それは望まない変化だった。

真辺由宇《まなべゆう》。

この物語はどうしようもなく、彼女に出会った時から始まる。

一話、ひとつだけ許せないこと

きっとその再会に、運命じみたものはなかったはずだ。

階段島にある学校はひとつだけだし、結局のところ、彼女はそこに通うしかなかったのだから。遅くとも数時間後には、やはり僕たちは顔を合わせていたのだろう。だからすべては偶然という言葉で片づけられる。

1

きっかけは、久しぶりに海辺で夜空を見上げる夢をみた、その程度のことだった。

少しだけ感傷的な夢をみて、ふだんよりも早い時間に目を覚ました僕は、もう一度ベッドに潜り込む気にもなれなくて、コートを着込んで寮を出た。気まぐれで、早朝にひとりで歩いてみようと思ったのだ。同じようにしてみたことはこれまでにも何度かあった。島の夜明けは、風の強い日を除けば午前中の図書館みたいにもの静かで、空気が清潔で、散歩には最適だ。

夢のせいだろう、僕は海沿いの細い道を歩いた。

海沿いといっても砂浜もない、水着の似合わない、僕の胸くらいの高さの海壁に波がぽちゃんぽちゃんとぶつかっているだけのつまらない道で、僕はそのつまらなさが気に入っていた。昔からそうだ。たとえば高価で美しい大粒のダイヤモンドなんて愛されて当然だよなと思う。道端の石ころや少しへこんだ空き缶なんかを気に入る感情こそ本物のような気がして、侘《わ》び寂《さ》びという言葉に救われた気持ちになる。

水平線から太陽が顔を出す、朝焼けの時間だ。山の向こうにみえる西の空にはまだ夜の残滓がちらばっているようだった。影が長く色濃い、でも夕暮れ時ほどは光が尖《とが》っていないこの時間を、僕は気に入っている。海沿いのつまらない道と同じように。

何気なく腕時計に視線を向けた。それは六時四二分を指していた。口から漏れた息が白く色づいて、もう冬が近いなと感じた。

その時だった。

「七草《ななくさ》」

名前を呼ばれて、僕は顔をあげる。

海壁の上に少女が立っていた。

見覚えのあるセーラー服を着た少女だ。深いブルーの、シンプルな鞄《かばん》を肩から斜めにかけている。繊細な朝陽で、白い肌がほんのりと色づいている。きめ細かな黒髪が、海からわずかに吹く風でなびく。

彼女は海壁の上に立ち、まっすぐこちらをみていた。その姿はどこか劇的にみえた。ほの暗い景色の中で、ひとりだけ浮き出ているようだった。なぜあんなにも目立つ少女を今まで見落としていたのだろう。僕はしばしば大切なものを見落とす。

「真辺」

意識もせず、僕は足を止めていた。ひどく、驚く。血の気が引くのを感じる。——彼女は真辺由宇だ。本当に？　あり得ないことだった。

真辺は躊躇《ためら》いもなく、海壁の上をこちらに向かって歩く。

「久しぶりだね、七草」

「ああ、うん。久しぶり」

「二年ぶり？」

「だいたいそんなものじゃないかな」

「七草は変わらないね。一目でわかったよ」

それはこちらのセリフだ。

真辺由宇は真辺由宇だった。記憶にある通りの彼女だった。声も、歩調も、表情も、何もかもがまっすぐだ。現実には完全な直線なんてなくて、彼女の他はみんなどこか歪《ゆが》んでいて、だから彼女は目立ってみえる。下手な合成写真みたいに、なんだかこの世界に馴染《なじ》まない。

彼女は海壁から飛び降り、僕の目の前に立つ。たんっ、とスタッカートの効いた着地の音が、朝の寝ぼけた景色に響く。

彼女は言った。

「きみに訊《き》きたいことがあるんだけど」

「うん」

「ここは、どこなの？」

「階段島だよ」

「聞いたことないな」

「地図にも載っていない、らしい」

「どうしてそんなところに、私がいるの？」

「知らないよ」

「じゃあ七草は？」

「それも、知らない」

「自分のことなのに？」

「君だって」

どうしてこの島にいるのか、真辺自身も理解していないはずだ。

納得するしかなかったのだろう、彼女は頷《うなず》いた。

「ところで私は、学校に遅刻したくないんだけど」

「なるほど」

「ここって横浜？」

「どうかな。本当に、僕もよく知らないんだ」

でもわかったこともある。

真辺由宇は階段島のことを何も知らない。今朝はじめて、ここに訪れたのだ。

「ちょっとした儀式のようなものがあるんだけど、つき合ってくれるかな？」

と僕は尋ねた。

「それはどのくらい時間がかかるの？」

「ほんの数分で済む」

「わかった。いいよ」

階段島には、いくつかのルールがある。

この島に訪れたばかりの人には、最初に出会った住人が、そのルールを説明するのが決まりだ。僕の時もそうだった。

「君、名前は？」

「真辺由宇。忘れたの？」

「もちろん覚えている。これも儀式の一部なんだ」

きっと知人同士が顔を合わせる展開は想定されていないのだろう。ルールの説明にはまず、相手の名前を尋ねなければならない。

僕は言った。

「ここは捨てられた人たちの島だ。この島を出るには、真辺由宇が失《な》くしたものをみつけなければならない」

これが階段島の、いちばん基礎のルールだ。誰が言い出したのかは知らない。山の上に住む魔女だというのが通説だけれど、魔女なんてものが、本当にいるのかはわからない。

「捨てられた人たちの島って、どういうこと？」

「そのまんまじゃないかな。ここにいる人たちはみんな捨てられたんだよ」

真辺は顔をしかめた。その歪んだ表情さえまっすぐにみえて、矛盾していると僕は思う。

「人間を捨てるってどういうこと？」

「知らないけど、よく言うよね。恋人に捨てられるとか、会社に捨てられるとか」

「七草も捨てられたの？」

「うん。君もね」

「だれに？」

「知らないよ」

「知らない相手に捨てられるなんて、あり得る？」

真辺由宇は疑問を放っておけない性質だ。

わからないことがあればいつまでも質問を続ける。彼女はいつだって完璧《かんぺき》な正解を求めているし、この世界には確かにそれが存在しているのだと信じている。

でも現実には答えようのない質問だってある。とくに僕なんかは、何事においても、今まで一度だってまともな答えを出せた例《ためし》がない。

「興味深い疑問だけどね。学校に遅刻したくないんだろう？　歩きながら話そうか」

「どこに行くの？」

「僕よりはもう少しだけ事情に詳しい人のところだよ」

「どんな人？」

「会えばわかる」

真辺が頷いて、僕たちは歩き出す。

「それにしても今朝の気温はおかしくない？」

「君、今が何月だと思ってる？」

「八月でしょ。もうすぐ九月になるけど」

「いいや。実はもう一一月なんだ」

どうやら真辺は、三か月近くの記憶がないようだった。階段島に訪れる人は、みんなその直前の記憶を失くしている。

「わけがわからない」

と真辺が言った。

「まったく同感だよ」

と僕は応えた。

内心でこっそりとため息をつく。彼女との再会で僕が感じていたのは、焦《あせ》りとか、苛《いら》立《だ》ちとか、怒りのような、不快な感情だった。それが表に出ないように、拳《こぶし》を握りしめて我慢していた。

早朝の海辺で彼女と顔を合わせたことは、どうでもいい。すべて偶然で済ませてしまっていい。納得できなかったのは、もっと根本的なことだ。

――どうして、真辺由宇がこの島にいるんだ？

わけがわからないし、わかりたくない。あり得ないし、あってはならない。

正直なところ、僕は、彼女の顔だけは決してみたくなかった。

＊

真辺由宇に初めて出会ったのは、小学四年生のころだ。

いや、厳密に最初の出会いというなら、もう少し前になる。僕と彼女は同じ小学校に通っていた。短い会話であればきっとそれまでにも交わしていたはずだ。とはいえ僕が真辺由宇という人格をはっきりと意識したのは、小学四年生の、あの冬の日の帰り道だった。


当時の真辺由宇は、簡単に言ってしまえばいじめられっ子だった。小学生も四年ともなると社会性のようなものが身についていて、クラス内でも派閥が生まれるし、会話で雰囲気を読む技術も重要になる。

真辺由宇はそういうことに疎《うと》い子だった。

どんな事情があったのかは知らないけれど、彼女はクラスの中でリーダー的な立場にいた女子生徒——もう名前を思い出せない——に目をつけられていた。子供の悪意というのはストレートなもので、傍観者だった僕からしてもいくつか目に余るなと思う出来事があった。

どれだけ理不尽で一方的な悪意を向けられても、真辺由宇は決して感情を表に出さなかった。泣く素振りもみせなかった。体操着が水たまりに沈められても、上履きにマジックで落書きされても、不思議そうな顔で首を傾《かし》げるだけだった。

精一杯の強がりなのだろう、とあのころの僕は思っていた。

今なら違うのだとわかる。

真辺由宇は純粋に不思議だったのだ。どうして体操着が水たまりに沈められなければならないのか、その出来事の成り立ちを上手《うま》く理解できなかったのだ。悪意が伝わらない彼女は、悲しむことも怒ることもできなくて、だから首を傾げていた。

正義の味方ではない僕は、彼女をどうこうしようとは考えなかった。見て見ぬふりをすることに罪悪感もなかった。もしも助けを求められたらできる事はあるだろうか、と何度か想像したような気もする。細かなことはもう覚えていない。

ともかくそんな風に陰惨な一面もある小学生たちだけれど、やはり一方では純粋な面も持ち合わせていた。たとえば、ミルキーのことだ。

ミルキーというのは白い子犬だ。

きっと捨て犬だったのだろう、首輪はしていなかったけれど、毛並みは綺麗だった。ミルキーはしばしば校庭に姿をみせて、そのたびにクラスメイトたちが騒いでいた。僕も何度か、給食のパンの残りをミルキーにやったことがある。ミルキーの前では教室内のヒエラルキーもなにも関係なく、クラスメイトたちは大人が理想とする純朴な子供になるようで、その二面性がなんだか可笑《おか》しかった。

僕たちの小規模な世界において、ミルキーは平和の象徴だった。言葉にしづらい秩序のようなものを、あの白い子犬は体現していた。一方で真辺由宇が不条理を体現していたように。


そのミルキーが、血を流して倒れていた。

冬の日の帰り道だ。

事故に遭ったのだと一目でわかった。後ろ脚の辺りが潰《つぶ》れているようだった。腹の柔らかな毛はまだ上下していて、その緩慢な動きが奇妙に印象に残った。

ちょうど下校の時刻で、大勢の子供たちが、遠巻きにミルキーを眺めていた。可哀想《かわいそう》、と無責任に誰かがつぶやいた。僕も同じ気持ちだった。

その場では誰もが傍観者だった。

僕たちはミルキーの事故の当事者になろうとはしなかった。

でも例外が、たった一人だけいた。真辺由宇だった。

彼女はミルキーに駆け寄って、躊躇《ちゅうちょ》なく抱き上げた。白い制服に広がる血の赤が鮮烈だった。汚い、と誰かがつぶやいたのを覚えている。さすがにそれには同意できなかった。僕には、彼女が美しくみえた。

真辺由宇が走り出す。

僕は思わず、その後を追いかけていた。当時の心理を、今ではもう思い出せない。でもとにかく僕は彼女を追いかけた。

真辺由宇は、まっすぐに走る。

彼女の表情は悲愴《ひそう》ではなかった。ただ真剣な顔で、じっと前だけをみていた。腕の中のミルキーがもうすぐ命を落とすなんて、想像もしていないようだった。

「大丈夫」

と彼女はつぶやいた。

「大丈夫、絶対に」

思えばそれが、僕の記憶している、彼女の最初の声だ。

でも動物病院に辿《たど》り着いた時、ミルキーはもう息をしていなかった。

先生が首を振って、その時、僕は真辺由宇の泣き顔を知った。

彼女は顔を歪めて、大声を上げて泣いた。獣の叫び声のようだった。血で汚れた制服のまま、涙をぽろぽろとこぼして、彼女は全身で泣いていた。

きっと僕は泣かなかったはずだ。でも泣いたのかもしれない。よくわからない。

彼女の姿ばかりが鮮明で、僕自身のことは、今ではもう思い出せない。

真辺由宇と僕が親しく話をするようになったのは、その日からだ。

その日から中学二年生の夏休みに彼女が引っ越してしまうまで、僕たちは毎日のように行動を共にしていた。

知れば知るほど彼女は特殊だった。彼女が眺めている世界は希望に満ちているようだった。努力は必ず報われ、理想は必ず実現する。そのことを疑っていなかった。

どうして？

ミルキーは死んだのに。

どうして彼女は、そんなにもこの世界の正しさを信じていられるのだろう？

何度も疑問に思ったけれど、結局僕は、彼女に何も尋ねなかった。

2

僕たちは狭い島の、その中でもごく一部分の平地にある小さな街を通り抜けて、山にのぼる。とても長い階段を一歩ずつ進んでいく。足を踏み出すたびに僕たちは高度を上げる。木と木のあいだから小さくなった街がみえて、そのことを自覚する。

階段をのぼりながら、僕は真辺に今日が一一月一九日だということを信じさせた。さすがに彼女でも、自身が三か月近くもの記憶を失っていることを受け入れるのには時間がかかるようだった。

「記憶喪失って、忘れていることさえわからないものなの？」

「場合によってそれぞれだと思うけど」

記憶喪失の詳しい症状なんて知らない。

彼女の眉間《みけん》に皺《しわ》が入っているのをみつけて、僕は尋ねる。

「機嫌が悪そうだね」

「機嫌が悪いっていうか、まあね」

珍しくはっきりとしない答えだ。

「やっぱり記憶がないのは不安？」

「というか、もやもやするな。大切な約束をしていたら困るよ」

「約束なんて覚えてても守りようがないけどね。僕たちはこの島から出られない」

「出られないっていうことなの？」

「そのままだよ。ほら」

僕は階段の途中で足を止めて振り返る。午前七時三〇分。ようやく夜の面影が消え、街も海も素朴な光に照らされている。

「この島は海に囲まれている。どこにも出口なんてない」

「船があるじゃない。ここからだってみえるよ」

確かに海には、何艘かの小型船が浮かんでいる。すべて漁のためのものだ。立地を考えれば当たり前だけど、この島には漁師が多い。

僕は肩をすくめてみせる。

「船で海を越えようとすると、また島に戻ってくるらしい」

「どういうこと？　潮の関係？」

「わからないよ。そういう、現実的な理由ならいいけど」

僕はこの島を出ようとしたことがないから、噂でしか知らない。その噂についても真面目《まじめ》には聞いていなかった。

「でも、陸がみえるよ」

真辺が海のずっと向こうを指す。

彼女の指の先には、確かに陸がある。霞《かす》みがかかっていて全貌《ぜんぼう》はみえないけれど、ずいぶん大きいようだ。

「うん。でも、あそこには誰もたどり着けない」

僕たちは再び、前を向いて歩き出す。

「ともかくこの島を出る方法は、失くしたものを見つけ出すことだけらしいよ」

「失くしたもの」

「なにか心当たりはない？」

「そもそも今は、なんにも持ってないよ」

「そりゃそうだ」

こんな島にぽんと放り込まれて、失くしたものがどうのと言われても困る。あまりに候補が多すぎる。

真辺は荒くなった息のあいだで言う。

「すぐ思いつくのは、三か月ぶんの記憶かな」

「とりあえず、それが第一候補だね」

同じように考える人は多い。階段島に訪れた記憶を、誰もが失くしている。ここにやってきた方法を思い出せば、それはそのまま、島から出る方法に繋がっているのかもしれない。構造として納得できるように思う。

「忘れた記憶を思い出せってこと？」

「まずはそれを目標にすればいいんじゃないかな」

「七草は？　なにを捜しているの？」

「僕はなんにも捜してない」

「どうして」

「ここの生活も悪くないよ」

平穏で、安定している。毎朝嫌なニュースを聞かされることもない。どこかの誰かの犯罪だとか、別の誰かのゴシップだとか、そういうネガティブな話題から始まる毎日がまともだとは思えない。

この島にもテレビの電波は飛んできていて、その気になればニュースをチェックすることはできるけれど、やっぱりそこで流れているのは僕たちには関係のない世界の出来事だ。遠くの国の犯罪や古びて色あせた争いと同じようなものだ。無関係であれば次第に興味も失っていく。もっと純粋に自分たちの日常について考えるようになる。

「でも、七草はすごいね」

「なにが？」

「だって両親もいないのに、ここで生活しているんでしょ。住む場所とか食費とか、いろいろ大変だと思う」

僕は首を振る。

「実はね、ただ生きていくだけなら、この島にお金はいらない」

少なくとも学生は、苦労なく生活できる。

「どうして？」

「これから会う人に、その辺りの説明をしてもらおう」

「誰に会うの？」

「先生だよ。学校の」

学校はこの島を象徴する階段の上にある。

あまりに段が多くて、途中で喋るのが億劫《おっくう》になる。

重力と、人体の構造と、もちろん学校の立地と、それからこの世の不条理に内心で思いつく限りの文句を並べて、それも面倒になってきたころ、ふいに視界がひらけて学校がみえる。

「あれだ」

と僕は言った。

階段が途切れ、なだらかな坂道になる。

その先に狭いグラウンドがあり、三つの校舎が並んでいる。向かって右の校舎が中等部、左が高等部。正面の校舎はほとんどが空き教室だけど、職員室と保健室と学生食堂がある。

「学生食堂？」

真辺が呆《あき》れた風に言った。

「こんなところまで、食材を運ぶの？」

「うん」

「だれが？」

「生徒たちが手分けして。そういうアルバイトがあるんだ」

通学のついでに小遣いがもらえるから、そこそこ人気がある。信じられない話だ。僕も一度だけやってみたことがあるけれど、すぐに後悔することになった。あの玉ねぎが入ったリュックの重みをもう思い出したくはない。

僕たちはグラウンドの入り口で、しばらく立ち止まって息を整えた。

それからゆっくりと、正面の校舎にある職員室を目指した。

来客用のスリッパに履き替えて、リノリウムの廊下を進む。

ぺたん、ぺたんと足音が誇張される。サイズが合っていないせいか、なんだかつま先の辺りが不安定だ。

プレートに職員室と書かれている部屋をノックした。

「高等部一年の七草です」

そう告げると、部屋の中から「どうぞ」とくぐもった声が返ってきた。

ドアを開く。まだ朝のホームルームが始まるまで一時間ほどあるからだろう、職員室にいた先生は一人だけだった。ちょうど、僕のクラス担任だ。彼女は一番奥のデスクにいる。デスクの上には湯気を立てるコーヒーカップが載っている。

真辺は足を止めたまま、じっと先生を眺めていた。

説明が必要だろうと感じて、僕は口を開いた。

「あの人が僕のクラス担任だよ。トクメ先生と呼ばれている」

本名ではない。先生の名前は誰も知らない。素顔を見た生徒もほとんどいない。

トクメ先生の顔は白い仮面で隠されている。眉《まゆ》の上から鼻の辺りまでを隠すタイプのものだ。仮面舞踏会かなにかを想起させるビジュアルで、学校の職員室にいるとやはりなかなか違和感がある。

真辺が小さな声で言った。

「いつもああなの？」

「うん」

「なかなか、ユニークな先生だね」

「良い先生だよ。ちょっと変わっているけど」

僕たちが近づくと、トクメ先生はくるりと椅子《いす》を回してこちらを向いた。

「こんな恰好《かっこう》ですみませんね」

と彼女は言った。仮面の下にみえる口元は軽く微笑《ほほえ》んでいる。

「どうしてそんなもの被《かぶ》っているんですか？」

真辺の質問は、いつもストレートだ。

先生はちらりと顔をこちらに向ける。

「あとで説明するよ」

と僕は言った。

トクメ先生は学校恐怖症だ。

この島にやってくるまでも教師をしていて、よく知らないけれどいろいろなことがあって、生徒の前に立つのがすっかり怖くなってしまったのだそうだ。

なら教師なんてやめてしまえばいいのに、根は真面目で理想に燃える先生だからそうするわけにもいかなかった。顔を隠して、名前も隠して、それでようやく生徒たちとまともに接することができるらしい。可哀想なことだなと僕は思う。学校が怖いことよりも、それでもなお教師をやめられなかったことの方が、僕には悲しく思える。

トクメ先生はデスクの上にあったA4サイズの用紙を手にとる。

「真辺由宇さんですね？」

「はい。どうして知っているんですか？」

「ここに書いてあります」

「それは？」

「履歴書ですよ」

「どうして、そんなものが？」

「郵送で届いたのです。必要でしょう？　ここの生徒になるのだから」

「履歴書は自分で書くものです。高校を選ぶのも私です。私に転校した覚えはありません」

真辺は淡々と答える。

こんな、端的に言って無茶苦茶な状況でも、彼女は感情的ではない。だから真辺は理性的で無感情な人間だと、よく誤解される。僕はそれが誤りだと知っている。感情のスイッチが入るポイントが特殊なだけだ。

「わかりますよ」

トクメ先生が頷く。

「良い高校への編入が決まっていたようですね。試験では苦労されたのでしょう。それが急に転校ということになれば、不満に思って当然です」

「そんな問題ではありません」

「じゃあ、どんな問題ですか？」

「ただ納得できないんです。私は納得できないことが嫌いです」

トクメ先生は顎《あご》に手を当てた。仮面のせいで、古風な怪盗かなにかが悪巧みをしているようにもみえる。

「残念ながら、それはこれからみつけるものです」

「それって、なんですか？」

「納得ですよ。納得してこの島にくる人はいません。貴女《あなた》はこれから時間をかけて、ここでの生活で、少しずつ納得をみつけていくのです」

　真辺はしばらくの間、言葉を詰まらせていた。ゆっくりと、深呼吸のような口調で、彼女は言った。

「階段島って、なんですか？」

「その答えは誰も知りませんよ。魔女の他には、誰も」

「魔女？」

「この学校の裏側には、さらに山頂へと向かう階段があります。その上には魔女が住んでいるといわれています。この島は魔女によって管理されています」

　真辺は戸惑ったように顔をしかめる。

「上手く飲み込めません」

「ええ、私もです。私はここにきて三年ほど経つけれど、まだ魔女なんてものの存在は信じられません」

「なら——」

「それでも、どうしようもないのですよ。階段島だけが特別なわけではありません。人生というのはそういうものです。不透明な力で生まれた支配者によって、知らない間に定められたルールに従って、その中で生きていくものです。魔女の名前を王様や政治家に置き換えると、貴女は納得できますか？」

「できません」

強い口調で、真辺は言った。

「名前の問題じゃありません。私は心で納得できないことは嫌です」

仮面の下の口が笑みの形に歪んだ。目元が見えなければ、笑顔の種類を判別するのは困難だ。

「素晴らしいことだと思います。本当に。でも神さまではない人間には、何もかもを自由に決めることはできません。それはわかりますね？」

「はい」

「今、貴女に決められるのはひとつだけです。この学校に通うのか、通わないのか。階段島にある学校はここだけですから、学生でいたければとりあえずここに通うしかありません」

私は貴女を歓迎しますよと、トクメ先生は言った。

真辺はしばらく黙り込んでいた。彼女なら「では失礼します」と言って、躊躇いのない足どりでたち去っても不思議はなかった。

僕は横から口を出す。

「ここに通いながら、島から出る方法を探せばいいじゃないか。僕は久しぶりに君と一緒に授業を受けたいよ」

彼女は怒ったような瞳《ひとみ》でこちらを見る。一体、何に対して怒っているのか、よくわからなかった。

「なら、私と一緒にこの島を出るって約束してくれる？」

どうして「なら」なんだ。言葉のつなぎ方が滅茶苦茶《めちゃくちゃ》だ。

面倒になって僕は頷く。

「うん。約束するよ」

約束という言葉に奇妙なひっかかりを覚えた。本心ではない約束を交わしたことなんて、これまでにも何度だってあるのに。

真辺はトクメ先生に向き直り、「わかりました」と答えた。

＊

階段島において学歴なんてものは特に意味を持たない。

それでも真辺を学校に通わせたかった理由はひとつだけだ。

この島において、学生の生活は保障されている。街にある学生寮の一室を無料で貸してもらえるし、その寮や学食での食事にもお金はかからない。教科書や制服、学校指定のジャージなんかの配給も受けられる。欲しいものがあればアルバイトをみつけるしかないけれど、ただ生きていくだけなら、学生にお金はいらない。

ごく簡単な損得勘定で、学校の生徒になっておいた方が得だとわかるはずだ。知性が必要な判断じゃない。本能でわかる。誰だって砂漠の真ん中で水を差し出されたならそれを受け取るだろう。同じことだ。

でも真辺由宇の判断は、ときどき論理的ではないから、隣にいる僕はその度に余計な苦労を背負い込むことになる。

＊

トクメ先生はこの島での生活について、真辺と少し話をしたいと言った。

僕はひとり職員室を出て、高等部の校舎に入り、自分の上履きに履き替えた。

そのまま階段をのぼる。一階は理科室なんかの特別教室で、通常のクラスは二階に固まっている。高等部は三学年合わせても六クラスしかない。僕はさらに階段をのぼり、図書室がある三階を通過して、屋上に出るドアに手をかけた。

ドアを開いても空気の温度はそれほど変わらなかった。直接光が当たるぶん、屋上の方が暖かくさえ感じた。一〇〇万回生きた猫が銀色の手すりにもたれかかっている。紙パック入りのトマトジュースを片手に本を読んでいるのも、いつもの通りだ。なんだか日常に戻ってきたような気がして、少し可笑しかった。いつの間にかずいぶんここでの生活に馴染んでしまったようだ。

僕は一〇〇万回生きた猫に歩み寄る。

「一体、君はいつ通学しているの？」

まだ授業が始まるまでは一時間近くある。

彼は本から顔を上げたが、僕の質問には答えなかった。

「転校生が来たのかい？」

「うん。よく知っているね」

「君と一緒に階段をのぼってくるのがみえたよ。ずいぶん親しそうだったじゃないか」

「昔、クラスメイトだった」

「それは島に来る前の話だよね」

「もちろん」

「この島で、かつての知人に出会うのは稀《まれ》だよ。稀な縁は大事にした方がいい」

僕は彼の隣に腰を下ろす。

「縁という言葉が、僕にはよくわからないんだ」

「運命と言い換えてもいい」

「運命もわからない」

「なんとなく意味ありげな偶然だよ」

「偶然は偶然だ」

真辺由宇と僕の間に、特別な縁があるとも、運命があるとも思えなかった。

一〇〇万回生きた猫は、くすくすと笑う。

「ずいぶん機嫌が良さそうじゃないか」

「そうかな」

「そうだよ」

そんなわけがない。

僕は真辺との再会を望んでいない。彼女にだけは、会いたくなかった。ほかの誰が目の前に現れても笑って済ませられるけれど、彼女だけは許せない。

けれど、僕は頷く。いつものように意識もせず平静を装《よそお》う。

「じゃあ、そうかもしれない。古い友人に再会できるのは良いことだ」

一〇〇万回生きた猫は、トマトジュースのストローに口をつける。

「彼女、名前は？」

「真辺由宇」

「そう。その真辺って子は、一体どんな特徴を持っているんだろうね」

特徴というのはオブラートに包んだ表現だ。ストレートに表現するなら、欠点という風な言い方になるだろう。

この島に訪れる人は、誰だってなにかしらの欠点を持っている。たとえば学校が怖い先生、たとえば虚言癖のある友人。ここはごみ箱なのだ。ごみ箱に捨てられるのは、どこか壊れたり、欠けたりしている物ばかりだ。

「彼女はとてもまっすぐなんだよ」

「まっすぐ？」

「純粋な直線みたいにね。ひとつの方向に、まっすぐに伸びていく」

「よくわからないな」

「言いかえれば、夢想家で理想主義者なんだよ」

「ああ」

一〇〇万回生きた猫は、またトマトジュースに口をつける。

「なるほど。そりゃすぐに捨てられそうだ」

裏表のない、純粋な理想主義者というのは嫌われるものだ。小学生のころからそうだった。真辺由宇の言葉はいつも正しくて、質問はまっすぐで、断罪するようで、だから周囲から浮いていて味方はどこにもいなかった。小学四年生の時、僕が初めて彼女の人格を意識したあのころにはすでに、真辺由宇は周囲の人々に捨てられていた。

一〇〇万回生きた猫は本のページに視線を落とし、べつに興味もなさそうな口調で言った。

「その子は、この島で上手くやっていけるのかな」

「なかなか難しいように、僕は思うな」

「じゃあ島を出て行くのか」

「上手くいけば、そうなるんじゃないかな」

しばしば、この島からは住人が消える。

よく知らないけれど、月に一人や二人は消えてなくなるそうだ。

彼らは元いた場所に戻ったのだ、ということになっている。本当のところは誰も知らない。気がついたら消えてしまって、どこにも手がかりなんてないのだ。僕たちには彼らがこの島から出られたのだと信じることしかできない。

一〇〇万回生きた猫はページをめくる。

「その子と話をしてみたいな」

「紹介しようか？」

「いや。いいよ。オレは相手がひとりだけじゃないと、上手く会話ができないんだ」

「どうして？」

「ふたりを相手にしていると、自分が誰なのかわからなくなっちゃうんだよ」

つい笑う。彼からこんな話を聞くなんて、思ってもいなかった。

一〇〇万回生きた猫は、一〇〇万回生きた猫じゃない。

初めて顔を合わせた時、最初の質問で、彼は僕に「好きな本はなに？」と尋ねた。僕はある絵本のタイトルを答えた。

彼が一〇〇万回生きた猫なのは、僕と一緒にいるときだけだ。ある人の前ではシャーロック・ホームズになり、ある人の前ではドン・キホーテになる。相手に合わせて彼の名前は変化する。

真辺由宇が好きな本を尋ねられた時、どんなタイトルを挙げるのか少しだけ興味があった。いつか一〇〇万回生きた猫と話をさせてみたいなと思う。

彼は混じり気のない黒い瞳を、ちらりとこちらに向ける。

「ところで七草。君の欠点はなんだろう？」

僕は肩をすくめてみせる。

「たくさんあり過ぎて、ちょっとわからないな」

自分の欠点なんて、わざわざ話題にしたくはない。

3

教室にはすでに、真辺のための机と椅子が運び込まれていた。

そのせいで今朝のクラスは、普段よりも騒然としているようだった。どこかから「転校生？」とささやく声がきこえた。

チャイムが鳴ったすぐ後に、ドアが開いてトクメ先生と真辺由宇が入ってくる。そのとたんに教室が静まりかえる。

「今日から皆さんに新しい仲間ができます」

とトクメ先生が言って、綺麗《きれい》な字で、黒板に彼女の名前を書く。

真辺は緊張している様子もなかった。

「真辺由宇です。よろしくお願いします」

そう言って、頭を下げる。

再び顔を上げた彼女は、毒気のない笑顔を浮かべた。

「私と七草はこれから、島を出る方法を探します。皆さんにもぜひ協力して欲しいと思っているから、気楽に声をかけてください」

クラスが息を飲んだのがわかった。

島を出たいと語るのは、ちょっとした禁忌だ。クラスメイトたちの多くはかつてこの島を出ようとして、でもすでにそれを諦《あきら》めている。諦めた目標を再び目の前につきつけられるのは、気分のよいことではない。

「簡単に言うなよ」

と誰かが言った。ほんの小さなささやき声だった。

まずいなと僕は思う。真辺は議論を躊躇わない。

彼女はまっすぐにその生徒――吉田という男子生徒だ――をみつめる。

「確かに私は、この島から出るのがどれだけ難しいのか知らない。でもどんな時でも、目標を口に出すのは間違ったことじゃないと思う」

真辺に悪意がないことを僕は知っている。攻撃的な意思もない。ただ思ったことを率直に口に出しただけだ。でもストレートな言葉は多くの場合、攻撃的に聞こえる。

一瞬、吉田が驚いたように顎を引いた。

彼が反論するよりも先に、僕は口を開く。

「違うよ、真辺」

真辺がこちらを向く。

僕はゆっくりと、できるだけ感情を込めないように続ける。

「あらゆる言葉は、誰かを傷つける可能性を持っている。明るい言葉でも愛に満ちた言葉でも、どんな時にも間違いのない言葉なんてないよ」

また。クラスメイトたちが息を飲んだ。僕はあまり教室で目立つ生徒ではないから、急に喋《しゃべ》りはじめたことに驚いているのだろう。

いつだってそうだ。真辺が現れると、僕は望まない行動を強いられる。とはいえ真辺と吉田がやり合うよりは、僕が相手をした方がよほど後々に問題を残さないだろう。

真辺はゆっくりと、時間をかけて頷いた。

「確かに、そうかもね。どんな時でも、と言ったのは間違いだった。ごめんなさい」

「うん」

「でも、まだわからないな。島から出たいと言うことが問題?」

問題だ。とはいえ懇切丁寧に、僕たちは弱くて、もう諦めていて、なんて説明してはいられない。

「その話は後にしよう。みんなのホームルームの時間を、君の都合で奪っちゃいけないだろう?」

「そっか。確かにね」

彼女はまた、ごめんなさい、と頭を下げた。

トクメ先生が、「では席についてください」と言った。

僕は内心でため息をつく。本人にそんな意図がなかったとしても、真辺由宇の自己紹介はあまりに的確だった。ほんの短い時間で、彼女の性質の一端をわかりやすく表していた。

致命的に、真辺由宇は周囲に馴染まない。

彼女が突然なにか厄介なことを語り始めるのではないか、と気が気ではなかったけれど、授業は滞りなく進行した。

一見する限りでは、真辺は真剣に授業を受けているようだった。基本的には真面目な生徒なのだ。口を開かなければ優等生にみえる。

彼女は休み時間になると、僕のところにやってきて、「なぜ島から出たいと言ってはいけないの？」と質問した。

仕方なく僕は答える。――いいかい、真辺。誰にだってそれぞれの居場所というのがあるんだ。深海魚には深海魚の居場所があり、ホッキョクグマにはホッキョクグマの居場所がある。海の底でここは暗すぎると言っても仕方がないし、北極でどうしてこんなに寒いところにいるのと尋ねても仕方がない。あるいは深海魚だって、青空に憧《あこが》れているのかもしれない。ホッキョクグマだって、南国でフラダンスを踊りたいのかもしれない。でもね、彼らにはそれができないんだよ。彼らの前で、私は青空の下でフラダンスを踊りますと言ったら、そりゃやっぱり傷つくさ。

真辺は僕の話を上手く理解できないようだった。

「でもこの教室にいるのは、深海魚でもホッキョクグマでもなくて、同級生だよ」

つい僕はため息をつく。

「僕たちはね、君に比べればずっと、深海魚やホッキョクグマに似ているんだよ」

そう言ってみたけれど、真辺は首を傾げるだけだった。

深海には深海の幸せがあり、北極には北極の幸せがあるように、ごみ箱にはごみ箱の幸せがあるのだと僕は思う。

　でもその幸せは、ごみ箱を受け入れなければ、きっとわからないだろう。

　昼休みになっても、彼女はまだその話題を引きずっていた。

　僕たちは学生食堂の片隅に向かい合って座っていて、目の前にはこんがりと揚がった俵形のコロッケの定食がある。ちょうどジャガイモの収穫時期だ。

「結局、ホッキョクグマが白いのは保護色だと思う」

　と真辺は言った。

　僕が適当に頷くと、真辺は続ける。

「でもホッキョクグマに、どんな天敵がいるの？　北極じゃホッキョクグマが最強じゃないの？」

　どうしてこんな話になったのだろう。

　真辺は疑問点をみつけると、とても素直に質問するから、そのせいですぐに話題がそれていく。僕の知るかぎりでは、学校の成績は良いはずだけど、実は馬鹿《ばか》なんじゃないかと疑っている。

　僕が答えに困っていると、後ろから声が聞こえた。

「たまにシャチに襲われるらしいですよ」

振り返るとそこに委員長が立っていた。彼女は僕たちのクラスの委員長で、本名を水谷という。下の名前は、何か花に関係するものだったように思うけれど、よく覚えていない。

「あと、ホッキョクグマの毛って本当は透明です。光の反射で白くみえてるだけで」

委員長は背の低い女の子だ。大抵、前髪を髪留めで上げているから、魅力的なおでこが目につく。もし彼女が委員長でなかったなら、きっとおでこに関するあだ名がつけられていただろう。

「隣、いい？」

と彼女は言った。

「もちろん」

と真辺が答えた。

委員長は僕の隣に腰を下ろす。

「七草くんが学食にいるのって、なんか珍しいです。ナドさんのところじゃないんだ」

ナドさん、というのは、一〇〇万回生きた猫のことだ。彼は相手によって名前を変えるから、本人がいないところでは「ナド」と呼ばれている。一〇〇万回生きた猫、シャーロック・ホームズ、ドン・キホーテ、など。

この学食はよく混むから、僕は適当にサンドウィッチかなにかを買って、一〇〇万回生きた猫のところで昼食をとっている。多くの生徒にとって屋上は彼のテリトリーだと認識されているようで、あそこはいつも人が少ない。

僕は左手で頬杖《ほおづえ》をつく。

「さすがに真辺の転校初日だからね。昼食くらいつき合うよ」

それから右手の箸《はし》で割るようにコロッケの片隅を切り、口に運んだ。なかなか美味《おい》しい。

「お前ら知り合いなの？」

そう言いながら、佐々岡が委員長の隣に腰を下ろした。彼の向かいに堀も座る。

佐々岡は一見すると快活な少年のように見えるクラスメイトだ。でも彼はいつも片耳にイヤホンを突っ込んでいる。そのイヤホンはポケットの中の携帯ゲーム機に繫《つな》がっている。ゲームミュージックを聞いていなければ落ち着かないのだと佐々岡は言う。

堀は背の高い女の子で、なんだか目つきが悪くて、左目の下に泣きぼくろがある。極度にコミュニケーションが苦手なようで、いつもうつむいているし、彼女の声を聞いたことは数えるほどしかない。代わりに毎週末には決まって、彼女からとても長い手紙が届く。ちなみにこの島では携帯電話が使えないから、未《いま》だに手紙が現役だ。

佐々岡も堀も、僕や真辺と同じように転校生だ。知らないあいだにこの島に放り込まれて転校というのも抵抗があるけれど、それはまあいい。同じ転校生として僕たちは一緒に行動する機会が多いし、佐々岡は寮も僕と同じだから親しくしている。委員長は模範的な委員長として僕たちの面倒をみてくれる。そんなわけで、こういう風になんとなく集まることがよくあった。

佐々岡は箸でコロッケを突き刺しながら言った。

「お前ら、妙に仲良さそうじゃん。七草が人に反論するところなんて初めてみたぜ」

「小学校が同じだったんだよ」

中学も二年の途中まで同じだったけれど、丁寧に説明する必要はないだろう。

僕は真辺に、簡単に三人を紹介した。

真辺と三人は、それぞれ「よろしく」と頭を下げ合う。

へらへらと軽い笑みを浮かべて、佐々岡が言った。

「今朝のことだけどさ。いや、オレはいいと思うぜ、島から出るの。オレも出たいもん」

「へえ。それは気づかなかったな」

この島での生活を不満がっている素振りはなかったから、少し意外だ。

「だってここだと、新作が発売日に手に入らないんだぜ」

「新作ってゲーム?」

「もちろん」

「一週間くらい待ってもいいと思うけど」

「あ。さてはお前、発売日の重要さを知らねえな？」

「知らないな」

いつやってもゲームの内容は同じだろう、きっと。

「いいか？　新作ってのはそれだけで価値があるんだよ。宝箱があるとするじゃん？　わくわくするじゃん？　でもその中身を、もう何十万って人が知ってると思うと、やっぱなんかがっかりじゃん？　ラスボスの情報とか、ネットにはすぐに出回るしよ」

「ネットはみなければいいんじゃないかな」

「お前ね、それは女の子に嫌われたくなけりゃ、スカートがめくれても覗《のぞ》かなきゃいいって言ってるのと同じだぜ？　無理じゃん」

「どういうこと？」

と真辺が言った。

佐々岡は、いやオレは覗かないよあくまで一般論としてねと早口で言い訳していたけれど、真辺は彼の言葉なんか聞いてはいなかった。

「新作のゲームが買えるの？　インターネットに繋がるの？」

僕は頷く。

「通販が使えるんだ。週に一度、土曜日に荷物を積んだ船がくる」

「ここの住所は？」

「それはわからない。階段島で届くよ。郵便番号もいらない」

「地図にも載ってない島じゃなかったの？」

「グーグルマップで検索してもみつからないよ。でもアマゾンの地図には載ってるのかもね」

「それでどうして、島の外に出られないの？　船に乗せてもらえばいいじゃない」

「船は、人は運ばない。密航しようとした人はいたらしいけど、みんな失敗してるって噂《うわさ》だよ」

「でもネットに繋がるなら、助けを呼べるよね？」

僕は彼女の言葉を反復した。「助け」。なぜかその言葉に違和感があった。

真辺は大きく頷く。

「これって誘拐だもの。メールが使えるなら、警察に通報しようよ」

なんだか新鮮だ。言われるまで考えもしなかったけれど、確かに強制的にこの島に連れてこられたのだから、誘拐と呼べるかもしれない。——そうか。僕は誘拐されていたのか。

そんなことに感心していると、委員長が答えた。

「メールは送れません。すべてエラーになります。掲示板なんかへの書き込みもできません。基本的に、この島のインターネットは情報を受け取るだけです」

「でも検索もできるし、通販も使えるんだよね？　ならこっちからも送信できてるってことじゃない」

「そういわれても。実際、メールは送れないんだし」

真辺は不機嫌そうな様子でコロッケにかみつく。

「納得いかないな」

僕は付け合せのトマトを箸でつつきながら、尋ねた。

「なにが気に入らないの？」

「たとえば、壁がないことだよ」

「壁？」

真辺が大きな瞳をこちらに向ける。

「閉じ込められていたとしても、壁があったらそれを壊せばいいじゃない。でもここには壁がない」

「かわりに海があるよ」

「船で外に出られるんでしょ？」

「ある程度はね。向こうの大陸には辿《たど》り着けないけど」

「その、不自由がぼやっとしてる感じが気に入らないんだよ」

真辺はコロッケの残りをすべて口に詰め込む。大きな欠片《かけら》だったから、頬が膨らんでいる。彼女の動作はしばしば野生動物を連想させる。

口をもぐもぐさせながら、頬杖をついて彼女は言った。

「ネットで自由に買い物できるし、今朝みた感じだと街並みも綺麗だし、学生の生活は保障されているっていうし、コロッケも美味しいし」

「いいことじゃないか」

「でも誘拐だよ?」

「それは僕たちの捉《とら》え方しだいだと思うけど」

「少なくとも、私の意思は踏みにじられている」

まあ、それはそうだ。階段島での生活は放牧に似ている。草原を自由に駆け回り、いつだって草をはむことはできるけれど、それでも飼いならされていることに変わりはない。

「強制的に島に閉じ込められて、そこでの生活を強いられて。こんな環境なんだから、本来は敵がいないはずないじゃない。でもそれがぼやけてるの。まるで普通の、ちょっと不便なだけの田舎町みたい。たとえば壁があればいいんだよ。あるいは、銃を持った見張りみたいな人がいれば。でもそうじゃない。私たちはなにと戦えばいいのかわからない」

「私たちじゃない。君だ」

「それって大事なこと？」

「無駄に主語を大きくするのは嫌いだよ」

真辺はしばしば僕を苛立《いらだ》たせる。

僕はなにかと戦うつもりなんてない。敵なんていない方がいい。それが霞みの向こうに隠れているというのなら、ずっと視界に入らないでいて欲しい。

「七草はこの環境に不満がないの？」

もちろん、ある。

真辺の言う通り、僕たちの意思は踏みにじられている。なのに、誰に踏みにじられているのかわからない。敵は漠然としている。でもその不満はすべて、階段島を訪れる前から感じていたことだ。小学生のころから感じていたし、中学生になっても、高校に入っても変わらなかった。

不満があるのは、当然だ。敵がみえないのも、当然だ。

別にこの島だけが特別なわけじゃない。

真辺はぼやけていると言ったけれど、反対なのだと僕は思う。階段島は他の場所よりも狭いから、その構造がちょっと目につきやすいだけだ。

でも僕は真辺と議論するつもりはなかった。いつだって、誰とだって、議論なんてしたくない。

　だから僕は微笑む。

「君が元の場所に戻りたいっていうんなら、僕は手伝うよ。そう約束したしね」

　真辺は不機嫌そうだ。

「違うよ。一緒にここを出るの」

「ああ、うん。そうだった。頑張ろう」

　佐々岡がつぶやいた。

「お前らの関係はよくわかんねぇな」

　友達だよと僕は答える。他の答えを、僕は知らない。

＊

　真辺由宇と僕の関係を、僕自身よく知らない。

　小学校からの知人なのだから、幼馴染みと言ってもよいと思う。友達という言葉の定義はよくわからないけれど、そう表現してもきっと間違いじゃない。

　基本的に、僕たちは良好な関係を保ってきた。ケンカらしいケンカをしたことは一度しかない。僕は真辺に好意的な感情を持っている。それは嘘《うそ》じゃない。

　でも反面で、真辺は唯一《ゆいいつ》、心の底から僕を苛立たせる人物だった。純粋に、僕は真辺由宇に共感できない。本質的に僕たちは真逆なのだ。彼女との関係は、いつも僕が我慢を強いられるように思う。

我慢。

たとえば以前、僕は言った。

「我慢の同義語は諦めだ」

真辺は答えた。

「我慢の対義語が諦めだよ」

諦めさえしなければ、どんなことでも、どんな相手でも、我慢強くつき合える。そういうことを彼女は話していたように思う。

でも僕は経験で知っている。諦めてしまえば、なにも期待しなければ、どんなことだって我慢できる。

だから僕は頷いた。

「なるほど。その通りだ」

僕たちは初めから矛盾している。

二人の関係を表す言葉を、僕はまだ知らない。

4

真辺は不確かな、ぼんやりとした敵を、とりあえず魔女だと設定したようだった。

放課後になると彼女は魔女について調べたいと言い、僕もそれに同行することになった。とはいえ、図書室にいけば魔女に関する資料が揃《そろ》っている、というわけではない。魔女の詳細は謎《なぞ》に包まれている。

「山にいるなら、のぼればいいでしょ」

と真辺が言った。

僕は首を振る。

「そろそろ日が暮れるよ。それは週末にしよう」

最近はずいぶん、日暮れが早くなった。街から学校への階段には街灯がついているけれど、さらに上には照明もない。夜は避けた方がいい。幸い今日は木曜日だから、明後日には日中から行動できる。

真辺が首を傾げる。

「じゃあ、どうする?」

「とりあえずタクシーを探そう」

「この島にタクシーがあるの？」

「一台だけ走っている」

農家が使うトラクターを除けば、この島にはたった三台しか車がない。そのうちの一台がタクシーだ。

「でも、それに乗れば魔女の家にいけるわけじゃないよね？」

「もちろん。タクシーは階段をのぼれない」

「じゃあそんなの探してどうするの？」

「タクシーの運転手は、地元のことならなんでも知っているものだよ」

「魔女のことも？」

僕は頷く。

「魔女と交渉して、タクシーを手に入れたらしい」

「本当に？」

「どうかな。本人はそう言っていたよ」

「どうして、七草がそんなこと知ってるの？」

「たまたまだよ」

島にある車は、軽トラックと、ミニバンと、タクシーだ。インターネットで検索すると、軽トラックとミニバンは通販で購入できることがわかった。でもタクシーの購入方法はわからなかった。島を走っているのは一般的なセダンではない。完全なタクシー用の車両だ。座席はスプリングが効いているし、後部ドアの開閉は運転席から行える。料金メーターも、おそらくはどこにも繋がらない無線機もついている。

いったいどうすればその車を手に入れられたのか、興味を惹《ひ》かれて、以前タクシーに乗ってみたのだ。

「この島には、車が走れる道路はそれほど多くないんだ。すぐみつかると思うよ」

と僕は言った。


階段島のメインストリートは、大雑把に言ってしまえばS字形を東西に寝かせたような形をしている。西側が学校のある山で、東側が海だ。

山から最初のカーブまでは学生街と呼ばれている。本屋があり、カフェがあり、コンビニエンスストアを名乗っている雑貨屋がある。細い路地に入ればいくつもの学生寮が並んでいる。この時間だと屋台のラーメン屋もいる。

そこからしばらくは民家もまばらになり、田畑が目立つ。ふたつ目のカーブに差し掛かった辺りからが、海辺の街と呼ばれる。そちらの方が大きな街で、定食屋と居酒屋とパン屋が一軒ずつある。小さな診療所と駐在所もあるし、港には郵便局もある。米屋を名乗っている運送屋が軽トラックを持っていて、電器店を名乗っているなんでも屋がミニバンを持っている。

学生街と海辺の街は緩やかな対立関係にある。クラスメイトたちも、学生街にあるカフェ「バネの上」派と、海辺にある定食屋「アリクイ食堂」派に別れる。中立を愛する僕はどちらの街にも出没する屋台のラーメン屋が好きだ。

目的のタクシーは、大抵そのふたつの街のあいだを行き来している。僕は真辺のために、コンビニで引っ越しそばでも探そうかと思ったけれど、彼女にはこの島で長く暮らすつもりはなさそうだから代わりにバネの上でフルーツタルトを買い、テイクアウトして道端のベンチで食べた。真辺はケーキ類を手づかみで食べるのが好きだ。全般的に、繊細さのない人間なのだ。

ちょうどそれを食べ終えるころに、タクシーが通りかかった。オレンジ色のラインが入った緑色のタクシーで、いつだってぴかぴかに磨かれている。

僕が手を上げると、タクシーが目の前で停まり、ドアが開いた。乗り込みながら告げる。

「遺失物係までお願いします」

遺失物係？　と真辺がつぶやく。説明はあとでよいだろう。

ドアが閉まり、タクシーが短い距離をバックする。方向転換して走り出した。運転手が料金メーターのスイッチを入れる。

彼はメガネをかけた、色の白い男性だ。三〇歳になる手前くらいだろうか。身体《からだ》が細く、雰囲気は一〇〇万回生きた猫に似ている。助手席の前のダッシュボードにはネームプレートがあり、野中という名前だとわかった。

野中さんは言った。

「失《な》くしものがみつかりましたか？」

遺失物係は、失くしものを受け取る場所だ。

僕は首を振る。

「いえ。彼女が島に来たばかりなので、一通り案内しておこうと思って」

「なるほど。では、ゆっくり走りましょうか」

「お願いします。実は、野中さんに訊《き》きたいことがあるんです」

彼はちらりと、ルームミラー越しにこちらをみたようだった。

「魔女のことですか？」

「はい」

「今さら、興味が出てきましたか」

今さら？　と真辺がつぶやく。

野中さんが頷いた。

「そちらの少年には、魔女からこのタクシーを貰《もら》ったと話したことがあります」

窓の外はずいぶん暗くなっている。

前方に屋台のラーメン屋の明かりが見えた。タクシーはいっそう速度を落とし、その隣を通過する。ラーメン屋では男子生徒がふたり並んでラーメンをすすっている。一方が顔を上げて、僕と目が合った。

野中さんが続ける。

「でもその少年は、魔女のことはなにも尋ねませんでした。ああそうですかと言ったきりです。だから印象に残っています」

「魔女に会ったことがあるんですね？」

と真辺が言った。

野中さんは首を振る。

「いえ。直接は会っていません。私は手紙を出しました」

真辺は眉間《みけん》に皺《しわ》を寄せる。

「手紙？」

「はい。山の上の魔女へ、と書いて、ポストに投函《とうかん》しました」

「それで、タクシーがもらえたんですか？」

「まずは電話がありました」

「魔女から？」

「はい」

タクシーは道なりに、大きく左にカーブして、学生街を抜ける。メインストリートといっても二車線もない道路で、両側に田畑が広がる。夕闇《ゆうやみ》の中を、タクシーのライトが照らしていく。前方にぽつりぽつりと海辺の街の明かりがみえる。

「貴方《あなた》の家に、電話が掛かってきたんですか？」

野中さんは首を振る。

「私は電話を持っていません。この島では、病院とか、食堂とか、郵便局とか、そういった人の集まる場所にしか電話はありません。ピンク色の、コインを入れてかけるタイプの電話ばかりです」

学生寮にも電話はある。同じようにピンク色の電話だ。でも、もちろん島の外とは通話できない。電話番号も三桁《けた》しかない。

「私は遺失物係のところで魔女からの電話を受けました」

遺失物係。入れたのか。

真辺が尋ねる。

「どんな話をしたんですか？」

「タクシーが欲しいとお願いしました。あとは、この島のことを少し」

「詳しく教えてください」

「プライベートなことです」

「島のことなのに？」

「そのふたつは切り離せないんですよ」

真辺はまた、眉間に皺を寄せた。よく意味を理解できなかったのだろう。

「私はこの島を出たいと思っています」

「そうですか」

「お願いです。魔女のことを教えてください」

「貴女、お名前は？」

「真辺由宇です」

タクシーが僅《わず》かに速度を上げた。海辺の街に入る。学生街には寮が多いが、こちらは平屋ばかりだ。

野中さんはじっと前を向いている。

「島を出たければ、真辺さんが失くしたものをみつけることです。他の方法はありませんよ」

「失くしたものって、なんですか？」

「私は知りません」

「魔女は、どんな人ですか？」

　しばらく、野中さんは沈黙していた。

　道路は右にカーブし、海辺の通りに出た。夕陽の僅かな残光に照らされた海は影が揺らいでいるようだ。河口へと流れ込む、幅の広い川を渡る橋がある。左手は入り江になっている。その水面を走る波の形で、風が出てきたようだとわかった。

　野中さんが言った。

「魔女は可哀想《かわいそう》な人ですよ」

　真辺が尋ねる。

「可哀想？　どうして？」

「この島を管理しなければならないからです。私なら耐えられない」

　真辺は黙り込む。何か考えているようだった。

　代わりに、尋ねた。

「どうして、タクシーが欲しかったんですか？」

「プライベートなことです」

「貴方は、失くしものをみつけましたか？」

　彼は笑う。

「とても難しい質問です。簡単には答えられない。それに」

　タクシーがそっと、息をひそめるように速度を落とし、停車する。

窓の外には海辺の灯台と、郵便局が並んでいる。

「もう到着してしまいました」

階段島はとても狭い。ゆっくりと走っても、すぐに目的地についてしまう。

野中さんは初乗り料金のままのメーターを止めた。

5

風が強く吹いていた。

寒さに震えて、僕は両手をポケットに突っ込む。

真辺は舞う髪をおさえようともせず、こちらを向いた。

「遺失物係って、なに？」

僕は手をポケットから出すのが嫌で、視線で前方をさす。

「そこだよ」

目の前に、小さな郵便局と、背の高い灯台が並んでいる。その灯台の方だ。

白い灯台だった。近くでみると、レンガ製の壁にペンキを塗ったのだとわかる。いくつか窓があるが、カーテンにさえぎられて中の様子はわからない。隙間《すきま》から光が漏れているる様子もなかった。生まれたばかりの夜の、濁ったような闇を、灯台の光がまっすぐに貫いている。

　灯台には木製のちっぽけな扉がある。その扉も白いペンキで塗られている。ちょうど僕の目線の高さに真鍮《しんちゅう》製のプレートが埋め込まれていて、そこには『遺失物係』と書かれている。

「もし君がなにを失くしたのかわかったら、ここにくればいい。そして自分の名前と、失くしたものを伝えるんだ」

「そうしたら係の人が、私が失くしたものを差し出してくれるの？」

「たぶんね」

　真辺はしばらく、じっとその扉を眺めていた。耳元で風が音をたてていた。それは大きな音だったが、不思議とうるさくは感じなかった。全力で走ったあとの、自身の荒れた息が騒々しく聞こえないのに似ていた。

「なら、ここの人は私がなにを失くしたのか、知っているのね？」

　真辺はまっすぐに、扉に向かって歩く。強い風を気にとめる様子もない。そのまま迷いなく、ドアノブに手を伸ばす。

「でも」

　と僕は言った。

「多くの場合、遺失物係の扉には鍵《かぎ》がかかっているんだ。実のところ僕は、この扉が開いているところを見たことがない。中がどうなっているのか、どんな人がそこにいるのか、聞いたこともない」

　真辺はドアノブを回そうとしたようだったが、やはりそれは動かなかった。彼女は何度か扉をノックした。「開けてください。誰かいませんか?」と叫び声を上げた。でも返事はなかった。灯台は寡黙《かもく》に、海の向こうを照らしているだけで、こちらに見向きもしなかった。

　しばらく、真辺は扉を叩いていた。

　頬が冷たくて、もう帰ろうと言おうとした時、隣のドアが開く。郵便局のドアだ。現れたのは髪の長い女性だった。彼女の髪も、やはり風に舞っていた。僕はその女性を知っている。時任さん。郵便局員で、日中は赤いカブで走り回っている。

　時任さんはぴくんと眉《まゆ》を上げて、ダッフルコートのポケットに両手をつっこんだ。彼女の口から白い息が漏れるのが、ドアの向こうから射《さ》す明かりでわかった。

「おや。ナナくんじゃん。どうしたの?」

　初対面のころから、時任さんはやたらと僕に馴れ馴れしい。僕の顔つきが昔もっていたたぬいぐるみに似ているのだそうだ。

　僕は真辺に視線を向ける。

「ちょっと彼女の案内をしていて」

「案内？」

「今朝、この島に来たばかりなんです」

「そう」

時任さんはじろじろと、興味深そうに真辺の全身を観察する。

「貴女《あなた》、名前は？」

「真辺由宇です」

「じゃあマナちゃんだね。それともユウちゃんがいい？」

「どちらでも」

時任さんは笑って、ダッフルコートのポケットから、右手だけ抜き出す。それを真辺に差し出した。

「よろしく、マナちゃん。私は時任。切手にスタンプを押して、それから宛《あ》て先に運ぶのが仕事です」

真辺は時任さんの手をつかむ。

「よろしくお願いします」

「マナちゃんの手は真冬のドアノブみたいに冷たいね」

「そうですか。あんまり、意識したことはないです」

「中でホットミルクでも飲むかい？」

「ええ。ぜひ」

　ふたりはようやく、手を放す。

　真辺は笑った。

「時任さんに、訊きたいことがあります」

「へえ。なんだろう」

　時任さんは郵便局のドアに掛かっていた看板に手を伸ばす。『営業中』となっていたものを、くるりと回転させて『準備中』に替えた。

「ともかく、話の続きは暖かい部屋で聞こう」

　そう言って、彼女は郵便局に入っていった。


　時任さんは、寒さに弱いようだ。

　小さな郵便局の隅には古風な石油ストーブがあり、その上のやかんから湯気が立ちのぼっている。木製のカウンターの先に目立たないドアがあり、「スタッフルーム」と書かれたプレートが出ていた。時任さんはそのドアを開ける。中は四畳半の和室になっていて、片隅に簡易キッチンがあり、真ん中にコタツがある。コタツの上にはみかんがいくつか載っている。

　時任さんは靴を脱いで、その和室に入る。

「そっちにざぶとんあるから。あ、みかん食べてもいいよ」

時任さんは小さな冷蔵庫から紙パックの牛乳を取り出し、オレンジ色の片手鍋《かたてなべ》に注いだ。僕と真辺は軽く顔を見合わせて、それから仕方なく靴を脱ぐ。

「ずいぶんアットホームなスタッフルームですね」

「ここ、私の自宅も兼ねてるからね」

「二階があるんじゃないんですか？」

「階段のぼるの面倒だし、上は洋室なんだ。私、畳が好きなの。最近はコタツで寝てるよ」

彼女は片手鍋を火にかけて、ちらりとこちらを振り返る。

「レディーの寝室、そわそわする？」

ええとても、と僕は答える。昔から、他人の生活空間に足を踏み込むのは、なんだか苦手だ。

僕と真辺はざぶとんを敷いて、コタツに入る。コタツなんて何年ぶりだろう？　うちにはコタツがなかった。

なんとなく落ち着かず、僕は真辺の顔をみていた。彼女はコタツの上のみかんに手を伸ばすかどうかで、真剣に悩んでいる様子だった。

「せっかくのご厚意なんだから、貰っておいたら？」

真辺は頷《うなず》く。僕はかつての経験で、とりあえず食べ物を与えておけば彼女の機嫌がよくなることを知っている。

真辺がむいたみかんを、僕はひとふさだけ貰《もら》った。あまり甘くない、酸味の強いみかんだ。この島で穫《と》れたものだろうか。アマゾンに頼めばみかんも運んで貰えるかもしれないけれど、すっぱいみかんはきっとない。僕はひたすら甘いみかんよりも、酸味の強いものの方が好きだ。

時任さんが言った。

「マグカップ、ひとつしかないの。湯呑《ゆの》みでもいい？」

なんでもかまいません、と僕は答える。

真辺がひとふさずつみかんを食べているあいだに、時任さんは湯呑みを三つ、お盆に載せて運び、コタツの上に並べた。

「どうぞ、ごゆっくり」

真辺がぺこりと頭を下げる。

「ごちそうになります」

同じように僕も頭を下げて、湯呑みを手に取った。何度か息を吹きかけ、そっとホットミルクに口をつける。柔らかな味がした。はちみつの、自然な甘みを感じる。

隣で真辺が、ため息のような、でも別物の息を吐き出す。

「美味しいです」

「そりゃよかった」

「いくつか訊いてもいいですか」

「うん。なに？」

「この郵便局は、魔女にも手紙を届けているんですか？」

時任さんが、小さな声で笑った。

「まあね。島の中なら誰にだって届けるよ」

「なら、魔女に会ったこともあるんですよね？」

「手紙は郵便受けに放り込むだけだよ。郵便局員はベルを鳴らさない」

僕は尋ねる。

「階段を、上までのぼったんですか？」

「それがどうかしたの？」

「いえ」

時任さんがあまりにあっさりと答えるから、僕はしばらく言葉に詰まってしまう。

「あの階段は、誰にものぼり切れないと聞いていたから」

どういうこと？　と真辺が首を傾《かし》げた。

僕は彼女に説明する。みんな知っている噂話《うわさばなし》だ。

魔女の館《やかた》へと続く階段は、学校の裏にある。その階段は決して途切れない。のぼり続けると途中で霧が出て、視界がなくなって、やがて眠たくなってしまう。目を覚ますと階段の下にいる。

時任さんは湯呑みに口をつけて、それから言った。

「馬鹿な話じゃない？　一歩ずつ進んでいけば、いつかは上につくよ」

それは、まあ、普通に考えればそうだけど。

彼女は頬杖《ほおづえ》をついて、からかうような、くりんとした目でこちらを見た。

「それとも魔女が魔法を使って、無限に階段を伸ばしてるってでもいうの？」

僕には上手《うま》く答えられない。

実のところ、僕はあの階段をのぼったことがある。階段島に関する仮説を立てて、それから魔女に会ってみたくなって、学校の裏にある階段をのぼった。でも魔女には会えなかった。

僕が体験したことは、ほとんど噂の通りだった。一点だけ、噂にはないことも起こったけれど、あまり話題にしたくはない。

なんにせよ僕には、どれだけ階段をのぼっても魔女の館に辿り着けなかったのだ。この島はやはり特殊だ。

時任さんは軽くつぶやく。

「ま、どっちでもいいけどね。魔法なんて、あっても、なくても」

それから彼女は、両手で湯呑みを包み込み、ホットミルクに口をつける。

真辺が言った。

「もうひとつ、訊きたいことがあります。隣の灯台のことです」

「遺失物係」

「はい。どんな人がいるんですか？」

「どうかな。私もよく知らないの」

時任さんは、小鳥が木の実をついばむように、少しずつホットミルクを飲む。

「会ったこともないしね。遺失物係はあの灯台から出てこないんだよ。窓から顔をのぞかせることもないし、夜に明かりをつけることもない」

「それでどうやって、生活しているんですか？」

「わからないよ。もしかしたら遺失物係なんて、本当はいないのかもしれない。私はあの灯台の扉が開いたところさえみたことがないもの」

でも、と僕は思う。

野中さんは、あの灯台に入ったと言った。そこで魔女からの電話を受けた、とも。

遺失物係は魔女と深いつながりがあるのかもしれない。日常的に魔女と連絡を取り合っているのかもしれない。魔法なんて、馬鹿げていると思うけれど。もし本当に、魔女に魔法が使えるなら、現実的な生活の問題なんかはどうにでもなるのかもしれない。

僕は灯台のことを考える。

明るい光を海に向けて放つ、その内側の闇について考える。

遺失物係は——そんな人間が、もし本当にいるのなら、彼か彼女は——暗く静かな場所でじっと息を潜めている。周りはこの島の人たちの「失くしたもの」であふれかえっている。失くしたもの。忘れ去られたもの。

それらに囲まれて、遺失物係は、一体なにを考えるだろう？

僕は、遺失物係にはなりたくなかった。

そんな人間、できるなら、存在して欲しくはなかった。

だって遺失物係も、「誰かが失くしたもの」のひとつみたいじゃないか。

6

郵便局を出ると、空を隙間なく夜が覆《おお》っていた。西の方角に視線を向けても、もう夕陽の痕跡《こんせき》もなかった。

かわりに空全体に、いくつもの星が浮かんでいる。それは錐《きり》のような鋭利なもので黒い紙に穿《うが》った無数の穴のようだった。夜空の向こうにある強い光が小さな穴から漏れ出ているようだった。僕は射手座をさがしてみる。でも、それはみつからない。夜空には詳しくないし、さがしものはなんだって苦手だ。それに射手座は夏の星座だ。どれだけ丁寧にさがしても、もうみえないのかもしれない。

僕と真辺は星空の下を並んで歩く。この港から、山のふもとにある学生街までは二〇分ほど歩かなければならない。

どこかから、「遠き山に日は落ちて」が流れ、午後六時になったのだとわかった。この島では毎日、同じ時間に同じ曲が流れる。どこで誰が流しているかは知らない。機材が傷《いた》んでいるのか、音が少し歪んでいる。なんだか物悲しい気分になる。

真辺が腕時計に視線を落とした。

「そういえば、六時三〇分までには寮に行くようにって言われてた。間に合う？」

「どこの寮なの？」

「ナツメ荘、だったかな。先生に地図をもらったよ」

真辺は深いブルーの鞄《かばん》をひらき、手を突っ込む。

「ナツメ荘なら知ってる」

僕がいる寮のすぐ向かいだ。作為的なものを感じないでもない。

「まっすぐ帰れば、ちょうどだと思うよ」

それからしばらく、二人とも無言で歩く。

真辺は無駄話が好きな方ではないから、以前からよくこうして歩いた。真辺が一歩だけ先にいて、僕は彼女の速度に合わせる。二年ぶりに再会しても、その距離感は忘れていなかった。

「なんだか、不思議な感じ」

と真辺が言った。

「なにが不思議なの？」

「いろいろと。なんだかみんな、自然すぎる」

「この不自然な島が？」

まさか、と思った。この島も、ここで暮らしている人たちも、違和感ばかりだ。

真辺は否定も肯定もしなかった。

「私たちはこうして、二年ぶりに、いってみれば劇的に再会したのに」

「あんまり劇的って感じでもなかったけど」

「そこが不思議なの」

彼女はちらりと、こちらに視線を向けた。

「気がついたら知らない島にいて、いつの間にか三か月も時間が進んでいて、目の前に七草がいて。私にしてみれば、突拍子もないことが立て続けに起こっているわけだよ」

「僕にとっても突拍子もないことだよ、君がこの島に来たのは」

真辺は頷く。

「でもこうして歩いていても、あんまり違和感がないの。私はこれから、唐突に知らない場所で一人暮らしを始めるわけだよ。でも別に不安もなくて、それは七草がいるからというのもあるけれど、なんていうか」

彼女は一度、言葉を切った。

昔から感情的なことを言葉にするのが苦手な少女だ。そのせいで、真辺はいつも損をしているように思う。

「つまり、なんていうか、自然なんだよ。普段通りの学校からの帰り道みたいなの。もっといろいろと混乱しそうなものだけど」

彼女の気持ちは理解できた。僕も初めてこの島にやって来た時、同じように感じた。この島にいることに、違和感がない。ここが僕の居場所なんだと、素直に思える。

そのことが不思議だった。

僕は答える。

「きっと、あまりに現実味がないからだよ」

本心ではなかった。

「みんな嘘みたいだから、なかなか上手く飲み込めないんだ。リアルな生々しさみたいなものがないから、混乱さえできないんだ。映画でどんな滅茶苦茶《めちゃくちゃ》なことが起こっても客席にいる僕たちは慌《あわ》てたりしないのと一緒だよ」

　真辺は、ところどころ馬鹿で、不器用で、非現実的だけれど、それでも頭の良い女の子だから首を振る。

「たぶんそういうことじゃないよ」

　僕の位置からでは、真辺の表情はわからない。きっといつも通りに、感情の読めない顔をしているのだろう。

　夜空には三日月が浮かんでいる。その光は意外に強くて、なんだか彼女だけを照らしているようにみえる。

「二年前、七草にさよならを言った時、またきみとこういう風に歩くなんて想像もできなかった」

　二年前。今さらだ。

　真辺であれば出会ってすぐにその話を始めてもおかしくはなかった。最初に触れないのなら、ずっと黙っているような気がしていた。どうしてこのタイミングなんだろう。彼女にも、人間的なためらいのようなものがあるのだろうか。

「僕もだよ」

　と、答える。

「僕たちはもう二度と、こういう風に歩くことはないと思っていた」

真辺由宇と僕は、初めから何もかもが違っていて、それでも一緒にいたのはただの偶然で、本当は別々の場所にいるのが自然なのだ。

「また会えて嬉《うれ》しいよ」

と真辺は言った。

僕が何か応《こた》えるよりも先に、彼女は足を止めた。

なぜ足を止めたのか、その理由は明白だった。真辺の視線を追えば考えるまでもなかった。

海辺の道だ。わずかに左に湾曲している。

ぽつん、ぽつんと街灯が立っているけれど、その間隔が少し広すぎるようで、ちょうど中間くらいにたっている僕たちまでは光が届かない。

前方にある街灯の下に、一人の少年がしゃがみ込んでいた。小学校の低学年くらいだろう、幼い少年だった。緑色のトレーナーを着ている。表情はよくわからない。彼は腕の中に顔を埋《うず》めていた。声は聞こえなかったけれど、泣いているようだった。

隣で真辺が足を止めていたのは、ほんの僅かな時間だったように思う。

彼女は駆け出した。そうすることを、僕は知っていた。真辺は走って、少年の前にしゃがみ込んで、ここからでは見えないけれどきっと笑って。

「こんばんは」

と彼女は言った。

「迷子になったの？　それとも、転んじゃったのかな？」

少年は顔を上げる。

濡《ぬ》れた瞳《ひとみ》というのはどうしてこんなにも目につくのだろう。視線をそらせない。意味もなく、胸が痛くなる。

「ここは、どこですか？」

とその少年は言った。

＊

彼の名前は相原大地というようだった。

小学二年生だと聞いた。彼はきちんと、自分の家の住所も覚えていたけれど、この島では意味のないことだ。

大地はなかなか泣き止《や》まなかった。彼は真辺に抱きしめられて、しばらく泣いたあとでそのまま眠った。だからあまり話はできなかった。

とはいえ名前の他には、尋ねるべきことなんてなにもなかった。瞭然《りょうぜん》だ。彼は今日、おそらくはついさっき、この島にやってきたんだ。

階段島にやってきたばかりの相手には、告げなければならない言葉がある。

——ここは捨てられた人たちの島です。

でも大地が眠っていなかったとしても、そんなこと、言えるわけがなかった。

僕は鞄を真辺に預けて、生まれて初めて小さな子供を背負った。

重いとも、軽いとも感じなかった。

ただ彼は暖かくて、その熱がやけにリアルで、冷たい夜の方が嘘みたいだった。

＊

小さな声で、真辺が僕の名前を呼ぶ。

「七草」

「なに？」

「どうするの？」

「今夜は僕の寮に連れていくよ。後のことは後で考える」

「そんなに小さな子供も、ここに来るの？」

僕は首を振る。

「どんなに幼くても中学生だって聞いた。これまではね」

階段島は不思議な場所だ。違和感ばかりの場所だ。その中でも、特別におかしなことがひとつある。この島には小さな子供がいない。なぜかこの島では子供が生まれない。

迷い込んでくるのは、どれだけ幼くても中学生だ。だからこの島には、小学校はない。僕たちの学校には中等部と高等部しかない。

　この少年みたいな子供が、階段島にいるはずがなかった。

　ルールでそう決まっているはずだ。

「その子も――」

　真辺が言い淀《よど》む。

　僕は背中から、大地の寝息が聞えるのを確認して、言った。

「捨てられたんだろうね。たぶん」

　この島にいるのは、みんな捨てられた人たちだ。ルールに嘘や例外がなければ、そうなる。

　彼女はまた僕の名前を呼ぶ。

「七草」

「なに？」

「八つ当たりしていい？」

「だめ。今は背中に大地がいるから」

「きみにじゃない。その辺りに」

　夜道に人影はなかった。周囲の家々には明かりがついていて、そこから話し声や、テレビの音なんかが漏れ聞こえたりもするけれど、それはぜんぶ偽物《にせもの》じみていて、この世界には僕と真辺と背中の大地しかいないみたいだった。

僕には、真辺の八つ当たりに許可を出す権利なんてない。

「いいよ」

と僕は答えた。

真辺は鞄をアスファルトに落とす。彼女のと、僕の、ふたつぶんの音が響く。それから大きく息を吸って、たぶん止めて。

駆け出す。

髪が舞った。足音が聞えた。それは鼓動みたいだ。思い切り腕を振っていた。彼女はうつむいて走った。でも、ふいに顔をあげる。

「ふざけるな」

叫んで、跳ぶ。

右足を高く上げて、彼女の顔よりも高く上げて。遠くにみえる山の、そのてっぺんを踏みつけるみたいに。

月光に照らされて、真辺由宇は思い切り電柱を蹴《け》る。その姿はなんだか綺麗《きれい》で、でも彼女の靴の裏で響く大きな音はどこかコミカルで、そのギャップが可笑《おか》しい。

彼女はそのままアスファルトに落下して、思い切り背中を打って、たぶんしばらく息を詰まらせてから両手を大きく開いた。

　空に向かって叫ぶ。

「絶対に、許さない」

　僕は彼女の髪を踏まないよう注意して、顔を覗《のぞ》き込めるところまで歩み寄る。

「声が大きいよ。大地が起きちゃう」

　真辺は顔をしかめた。

「ごめん。気をつける」

「頭、打たなかった？」

「大丈夫。背中だけ」

「痛い？」

「痛い」

「すごく？」

「それほどでもない」

「気がすんだ？」

　彼女は寝転がったまま、思いきり首を振る。

「まったく」

「そう」

答えがわかりきっていることを、僕は尋ねた。

「なにを許さないの？」

真辺はじっと僕を見上げている。

その瞳がまっすぐに、月明かりを反射している。

「小さな子供を捨てるとか。ありえない」

「誰が捨てたのかもわからないよ」

「誰だってだよ。誰だって、許さない」

「じゃあ、どうする？」

「決まってるよ。この島を出て、その子を家に送る」

もしかしたら、大地を捨てたのは、彼の両親かもしれない。小さな子供が捨てられたというのなら、まずそれを想像するのが自然だ。

――なら、大地を家に送り返すのは、正しいのかな。

結局彼を、もっと苦しめるだけじゃないだろうか。

わからない。わからないことには、答えを出せない。僕は真辺とは違う。素直に怒ったり、叫んだりはできない。この世界で僕が許せないことは、たったひとつだけしかないのだ。そして、それは、捨てられた小学二年生ではない。

真辺はむくりと身体を起こし、真剣な表情で前方の山を睨《にら》む。

「とりあえず魔女を倒そう」

　僕は首を傾げる。

「どうして？」

「そもそも、この島がおかしいんだよ。簡単に人を捨てていけるような場所、あっていいはずない」

「ま、そうかもね」

「大地のことは結果でしかないんだと思う。例えばとても不条理な、明らかに間違っているルールがあったとして、そのせいで困っている人がいたとして」

「うん」

「まずはルールの方を変えないと、どうしようもない。困っている人を順番に助けて回っても、根本的な問題は解決しない」

「そうかもね」

「だから、まずはこの島を変えないといけないんだと思う」

　面倒なことになった。

　真辺が階段島のことについて深入りするのは、望むことではない。でも厄介なことに彼女の主張は多くの場合において正論なのだ。現実味はないけれど正しいことを言うから、簡単には反論できない。

「ところで、もう六時三〇分を回ってるよ」

真辺はしばらく不思議そうにこちらをみて、それから右手で顔を覆う。

「あ、遅刻だ」

真辺は約束を破るのを嫌う。そのくせしばしば約束を忘れる。短絡的なところがあるし、無表情なくせに意外と感情的だし、感情的になると精神年齢が幼くなる。二年前から変わらない。

――まったく。

僕は内心でため息をつく。やっぱり真辺由宇は真辺由宇だ。彼女がこの島にやってきたのなら、僕は厄介事を背負い込まざるを得ない。静かで平穏な日常を、しばらく諦《あきら》めることになる。今朝彼女の姿をみつけたときから、わかっていたことだ。

僕はどうにか右手だけで背中の大地を支えて、左手で真辺を立ちあがらせた。

「君の寮まで一緒に行って、事情を説明してあげようか？」

「いい。ひとりでできる」

真辺がこちらに背を向けて、落とした鞄を拾いにいく。

僕はその背中を眺めている。

ずっと変わらない。二年前までずっと、僕はこんな風に真辺の背中を眺めていた。

そして彼女はいつだって、堂々と、僕の望まない方向へと進んでいく。

大地を連れて帰ると、寮はそれなりのパニックになった。小学二年生の少年がこの島に訪れた前例はないようだから、自然な反応だ。

＊

僕は大地を寮の管理人さんに預け、代わりに一通の手紙を受け取った。消印のない手紙だった。直接、この寮の郵便受けに投函されたのだろう。宛《あ》て名は確かに僕になっている。

その字には見覚えがあった。

堀の字だ。毎週、日曜日に、彼女からの長い手紙が届く。だけど今日は木曜日だ。

部屋に戻り、僕は封を切った。

普段の彼女からは想像しづらい、ペンギンのイラストのついた可愛《かわい》らしい便箋《びんせん》が入っている。文面はとても短い。一行だけ。

――真辺さんは危険。

と、そこには書かれていた。

二話、ピストル星

I

連続落書き事件の、最初の犯行が明らかになったのは、一一月二〇日の放課後になるころだった。

その落書きは、街から学校へと続く階段の、真ん中より少し下に寄ったあたりに大きく描かれていた。

それほど上手《うま》い絵じゃない。デフォルメされた星と拳銃《けんじゅう》を重ねあわせたイラストだ。星と銃の組み合わせは西部劇に登場する保安官を連想させた。落書きには簡単な文章が添えられていた。

――魔女はこの島に過去ばかりを閉じ込めた。未来はどこにある？

誰がどんな意図でその落書きを階段に描いたのか、知る人はいなかった。犯人と、おそらくは魔女の他には、誰も。

まずそれを発見したのは中等部の生徒だったのだと思う。時間割りの都合で、高等部よりも中等部の方が少しだけ早く授業を終えるのだ。だからその絵が発見されたとき、僕はまだ教室にいた。

美術室に保管されていた絵の具が大量になくなっていたことがすぐにわかり、犯人は学校の生徒だろうと予想された。僕はその件で、放課後に職員室に呼び出されることになった。発見されたタイミングを考えれば、落書きが授業中に描かれたことは明白だったし、僕はその日二時間以上も学校に遅刻していたのだ。

だからこのエピソードを説明するには、朝の出来事から始めなければならない。

＊

僕の寮には「三月荘」という名前がついている。

全体が落ち着いた黄色に塗られた、二階建てのアパートで、一三人の学生と管理人さんが暮らしている。食事も管理人さんが用意してくれる。

管理人さんは、ハルさんと呼ばれている。二〇代の前半くらいの男性で、気が向けばギターを弾く。料理はそこそこだけど、たまに焼くクッキーが絶品だ。

入居して間もないころ、僕はハルさんに尋ねてみたことがある。

「どうして三月荘という名前なんですか？」

彼はさらりと答えた。

「三月にパーティーをするためだね」

「パーティー？」

「名前が三月荘なら、とりあえずそれを理由にパーティーをひらけるでしょ」

想像していなかった答えだ。

「どうして三月に、パーティーをひらく必要があるんですか？」

彼はささやかな笑顔を浮かべた。

「四月が出会いの季節なら、三月は別れの季節でしょ。なんか悲しいよね。だから楽しいことを増やそうと思って」

なるほど、と僕は頷《うなず》いた。

ハルさんにはお酒を飲みすぎる癖があるし、そのたびによくわからないことで泣いているし、食堂でうたた寝をしてうなされている場面にも何度か出くわした。その姿は悲しかったし、僕たちに漠然とした不安感を植えつけた。真夜中に鳴る電話みたいに、それが鳴りやんだあとの静寂みたいに。

でも普段はもっとも身近で信頼できる大人として、ハルさんは寮の学生たちから信頼されている。

朝食の時間に、ハルさんは言った。

「しばらくはオレが、大地の面倒をみようと思う」

彼は黒いトレーナーの上に、淡い水色のエプロンをつけていた。食卓にはハルさんが作った、純和風の朝食が並んでいる。飴色《あめいろ》に焼けたアジの干物からはこうばしい匂《にお》いが漂っているし、ワカメの味噌汁《みそしる》からは温かな湯気が立ちのぼっている。寮生のみんなで手を合わせて「いただきます」と言った直後だ。

ハルさんは、隣にちょこんと座った大地に顔を向けて尋ねた。

「君はこれから、ここでオレたちと暮らすんだ。いいかい？」

大地はもう泣いていなかったけれど、自分が置かれた状況をよく飲み込めていない様子だった。

「どういうこと？」

と彼は言った。高く、細く、聞き取りづらい、幼い子供の声だった。

ハルさんはゆっくりと答える。

「これから君が家に帰る方法を探すんだ。でも、少し時間がかかるかもしれない。みつかるまではここにいればいい。一緒にトランプでもしていよう」

「トランプ？」

「トランプは好きかい？」

大地はちょこんと首を傾《かし》げる。

「トランプって、なに？」

ふむ、とハルさんが唸《うな》る。それから彼は僕の方をみた。

「じゃあごはんのあとで、七草と一緒にトランプで遊ぼう」

「僕は学校ですよ」

「知ってるよ、みんなそうでしょ。でも二人きりでトランプしてもつまんないし」

一度くらい遅刻したってそんなに問題ないよ、とハルさんは言った。

学生寮の管理人としてその発言はどうなのだろう？　でも、確かにトクメ先生に「ごめんなさい寝坊しちゃって」とでも言っておけば、それで済みそうだ。

隣でアジの開きをつついていた佐々岡が言った。

「いいじゃん、お前が連れてきたんだから相手してやれよ」

彼は右手に箸《はし》を持ったまま、左手で携帯ゲーム機をいじる。イヤホンからわずかに音が漏れた。弾むように明るい、でもなんだかのどかなメロディだ。僕にさえ聞き覚えがあるから、たぶん有名なゲームの曲だろう。

僕はハルさんに向かって、「わかりました」と答える。真辺が大地のことを気にするのは目にみえていたから、今のうちに彼から話を聞いておきたいというのもある。

音をたてて味噌汁をすすった佐々岡が、にやりと笑う。

「オレも混ざりますよ。人数は多い方が楽しいでしょ？」

でもハルさんは首を振った。

「佐々岡はだめ」

「どうして？」

「普段の生活態度だね。君、けっこうサボってるでしょ」

「サボってるわけじゃないんです。たまに冒険したくなるだけなんです」

「わけわかんないなぁ、佐々岡は」

ハルさんが笑って、大地が「サボってる？」と首を傾げる。サボるというのはサボタージュするの略で、元々はフランスの労働者がサボという木製の靴で——とハルさんが解説をはじめ、大地は「労働者ってなに？」「どうして木で靴を作るの？」と質問を重ねた。僕はそのあいだに朝食を食べ進める。どちらかといえば食事は遅い方なのだ。

「いや、したくなるよな？　冒険」

と佐々岡が言った。

「どうかな」

と僕は答えた。

危険を冒すと書いて冒険だ。危ないことはできるだけ避けて通りたい。魔女を倒すために山にのぼるのは、真辺だけで充分だ。

いくつかの点で、僕は大地に驚かされた。

彼は気の弱い少年だと、勝手に思い込んでいたのだけど、意外に好奇心が旺盛《おうせい》でよく笑う子供だった。朝食もよく食べた。

それに大地は、賢い子供でもあった。ハルさんとの会話を隣で聞いているだけで、その理解力の高さがわかった。行儀も良いようで、誰にもなにもいわれなくても食器を台所まで運んだし、背伸びをしてそれを洗おうとさえした。

洗い物はとりあえず後回しにして、僕と、大地と、ハルさんはテーブルにつく。ハルさんがどこかからトランプを取り出して、数枚をテーブルに並べてみせた。

「これがトランプだ」

大地はクラブのジャックを手に取って、傾けたり裏返したりしている。

ハルさんはトランプについて説明する。1から13までのカードがそれぞれ四枚ずつ、合計で五二枚あること。11から13はそれぞれジャック、クイーン、キングと呼ばれること。それとは別に数字を持たないジョーカーというカードがあること。

「トランプがあれば、いろいろなゲームができる。ボールがあればサッカーもドッジボールもできるのと同じだ。今日はとりあえずババ抜きをしよう」

続けてハルさんはババ抜きの説明をして、ジョーカーを一枚、ケースに戻した。大地はふんふんと、真剣な様子でハルさんの説明を聞いていた。

ハルさんは慣れた手つきでトランプをシャッフルして、それぞれに手札を配る。僕に配られた一八枚のカードには、初めから五つのペアがあったのでまとめて場に出す。残った手札は「2、3、5、7、8、10、11、13」だ。素数が多い。

ハルさんと大地にも、四つか五つのペアがあったようだった。だいたい同じような枚数でゲームを始める。

「いいかい？　最後までジョーカーを持っていたら負けだよ」

とハルさんが言った。

まず大地がハルさんの手札からカードを一枚引く。大地はにたりと笑って、スペードとクローバーの4を場に捨てた。

ゲームはゆっくりと進行する。意外となかなかペアができない。途中、僕の手札をジョーカーが通過していき、一周してまた戻ってきた。それから彼は、しばらくここに居座ることに決めたらしい。まぁ仲良くやっていこう。

大地はババ抜きに夢中になっているようだった。カードの裏側をじっと眺め、繊細な美術品に触れるような手つきでそっと一枚を引き抜いていた。

僕は大地にいくつかの質問をした。

「お母さんはどんな人？」

「髪が長い」

「お父さんは？」

「眼鏡。よくわからない」

「わからない？」

「仕事で。あんまり帰ってこない」

「そう。好きな食べ物は？」

「お父さんはビールが好きだと思う」

「大地が好きなのは？」

「目玉焼き。あと、さつまいもコロッケ」

「さつまいもコロッケ？」

「給食。おいしかった」

牛乳によく合う、と大地は言った。なるほど、と僕は答えた。

「ところで――」

ペアになった「7」を場に出して、僕は尋ねる。

「家に帰るためには、大地が失《な》くしたものをみつけないといけないんだよ。なにか心当たりはないかな？」

大地は首を傾げる。

「消しゴム」

「消しゴムを失くしたの？」

「うん。使ってたら、なくなった」

大地の失くしたものは消しゴムなのだろうか？　遺失物係で、「相原大地です。消しゴムを失くしました」と告げればこの島を出られるのだろうか？　なんだか説得力を感じない。

「でも」

小さな声で、大地は続ける。

「別に、帰れなくてもいい」

「家に？」

「うん」

「どうして？」

大地はなにも答えなかった。僕はしばらくのあいだ、じっと彼の表情を眺めていた。大地が無理に強がっている様子はない。

僕の手元からハートのエースを引き抜いたハルさんが、「これであがり」と最後のカードを捨てた。

僕の手元にはダイヤの5とジョーカーが残っている。大地の手札は残り一枚だ。

「どっちにする?」

僕は大地に、二枚の手札を向ける。

大地はじっと僕のカードをみつめた。その表情は宇宙の真理について考え込んでいるようでも、神の啓示を受けているようでもあった。僕は小学二年生のころ、こんなにも真剣にババ抜きができただろうか。もう覚えていない。

右を引け、と僕は心の中で囁《ささや》いた。

大地はそっと手を伸ばし、少し躊躇《ためら》って、それから左のカードを引いた。そちらはジョーカーだ。彼は長く息を吐き出す。その表情は、不思議なことだけど、何かに安心しているようでもあった。

「接戦だね」

とハルさんが言う。僕は部屋の時計に視線を向ける。あと一〇分ほどで朝のホームルームが始まる時間だ。今からではあの階段を全力で駆け上っても間に合わない。

僕は大地に視線を戻す。彼は二枚の手札をこちらに向ける。

どちらがジョーカーだろう。よくみていればわかったかもしれない。注意力が足りていなかったな、と後悔した。

仕方なく向かって右のカードに手を伸ばすと、大地は目にみえて表情を曇らせた。左側にスライドさせてみると、口元に笑みを浮かべた。まだポーカーフェイスという言葉は知らないようだ。

僕は左側のカードを引き抜く。大地の笑みが大きくなる。

表を確認して、わずかな時間、息が詰まった。

大地はふっと笑みを消して、真剣な表情で、

「負けちゃった」

そうつぶやいて、小さな手に残っていたジョーカーをテーブルに置いた。

＊

どうせ遅刻するのなら、ゆっくりと時間を使おうと決めた。

僕が授業に参加したのは、三時間目の途中からだった。教室ではトクメ先生が数学を教えていた。僕が寝坊しましたと告げると、彼女は「今後、気をつけてください」と言った。

席についた僕は、授業を聞き流しながら、大地のことを考えていた。

さつまいもコロッケの味を想像して、大地が失くした消しゴムをイメージした。どちらも彼をこの島から連れ出す手がかりにはなりそうになかった。幼い子供が階段島を訪れることになった理由に関しても、やっぱりわからなかった。

――トランプで負けた時、どうして大地は笑ったのだろう？

見間違えではないはずだ。

あの小さな子供の心理が、僕には読み解けない。

ぼんやりと大地のことを考えているあいだに、地球が七、八〇度回転して、放課後になるころに落書きがみつかった。

2

トクメ先生のデスクの、隣の席は空いていた。僕が職員室に入ると、彼女は右手でその席をさし、座るよう促した。

「階段で落書きがみつかりました。星と拳銃を組み合わせたイラストです」

「はい」

「知っていましたか？」

「騒ぎになっているので。話は聞きました」

トクメ先生は頷く。

「今朝の通学時にはありませんでした。中等部の生徒が放課後に描いたとも考えられません。時間が足りませんせん」

「そうでしょうね」

「なら、あの絵は授業中に描かれたことになります」

「僕を疑うのは自然なことだと思います」

彼女はつるりとした白い仮面の頬の辺りを、何度か指先で叩《たた》いた。コツ、コツと硬く乾いた音が響く。

「もちろん、疑っていないとは言えません。でもまずは事実を確認したいのです。貴方《あなた》は今朝、どうして遅刻したのですか？」

事情の説明には、少し手間がかかった。まずは昨日、小さな子供をみつけたことから話さなければならなかった。その子とトランプをしていたのだと告げると、トクメ先生はまた仮面を叩いた。

「それから」

僕は続ける。

「レターセットを買って、手紙を書いていました」

本当のことだ。僕は階段に座り込み、ノートを下敷きにして手紙を書いた。その手紙はすでにポストに投函《とうかん》している。

トクメ先生は、仮面を叩いていた指を止める。

「手紙ですか」

「はい」

「どうして、通学前に手紙を書かなければならなかったのですか？」

「できるだけ早く投函したかったんです」

「誰に宛《あ》てた、どんな手紙ですか？」

「すみません。答えたくありません」

「なぜ？」

「とてもプライベートなものですから」

トクメ先生は仮面の向こうから、じっとこちらを見ているようだった。しばらくのあいだ、僕たちは無言で向かい合っていた。どこか離れたデスクからプリント用紙を束ねる音が聞こえる。職員室は少しだけ寒い。

ようやくトクメ先生が口を開く。

「貴方が通学した時、階段に落書きはありましたか？」

「いえ。ありませんでした」

僕は首を振る。

「それは何時ごろのことですか？」

「一一時になる少し前だったと思います」

トクメ先生が、顎《あご》の辺りに手を当てる。今度は僕が、彼女に尋ねる。

「僕のほかに、遅刻した生徒や、早退した生徒はいませんか？」

「早退はいません。遅刻はいますが、貴方がいちばん遅い時間に来たようです」

「学校を休んだ生徒は？」

「四人います。それから、登校していても授業に出ていない生徒が一人」

一〇〇万回生きた猫だ、とわかった。

「彼もここに呼んでいます。もうすぐ来るでしょう」

トクメ先生はなにかを確認するように、デスクの上に視線を向けた。でもそこにはなにも載っていなかった。

彼女はまた、視線を僕に戻した。

「美術室にはペンキがありました。体育祭で、応援用の旗を描くのに使ったものの残りです。でもなくなっていたのは、水彩絵の具でした」

トクメ先生はゆっくりと話しながら、僕の表情を観察していた。動作のひとつひとつをルーペで覗《のぞ》き込んで詳細にチェックされる、新種の昆虫にでもなった気分だ。あまり心地の良い時間ではない。

「落書きするなら、ペンキを選ぶのが自然です。大きな缶に入っているものの方が使いやすいし、いたずらで誰かを困らせたいなら水で流れないペンキの方が効果的です。コンクリートに水彩絵の具というのは、あまり見栄《みば》えの良いものでもありません。なのに犯人は、水彩絵の具を選びました。どうしてだと思いますか？」

僕はほんの短い時間、考えてから答える。

「洗い流しやすい方を選んだんじゃないでしょうか」

「どうして？」

「二通り考えられます。指なんかが汚れたとき、落としやすい方を選んだのがひとつ。落書きを長期的に残しておくつもりがなかったのがもうひとつです」

それから、思い当って、僕は補足する。

「ああ、単純にペンキがあることに気づかなかった、というのもありますね」

トクメ先生が頷く。

「なんとなくですが、もし犯人が貴方だったとしても、水彩絵の具を選んだような気がします」

「どうでしょうね」

「あの落書きを描いたのは貴方ですか？」

「いいえ」

「なぜ犯人は、星と拳銃のイラストを描いたのだと思いますか？」

「わかりません」

トクメ先生は仮面の下で小さなため息をついた。それから、「時間を取らせてすみませんでした、気をつけて帰ってください」と言った。

僕は席から立ち上がり、彼女に向かって、軽く頭を下げた。


職員室を出た僕は、廊下の壁にもたれかかって、しばらく窓の外を眺めていた。グラウンドでは中等部と高等部を合わせても一一人しかいない野球部がキャッチボールをしていた。人数が奇数だから、一組だけ三人でボールを回している。僕は三角形の辺に沿って飛ぶボールを目で追った。

キャッチボールは、傍からみていて楽しいものではないけれど、なぜだか飽きない。ボールが重力に逆らってみえるからだろうか。鳥が飛ぶのも、噴水が吹き上がるのも、なかなか見飽きない。

やがて廊下の向こうから、一〇〇万回生きた猫が歩いてきた。彼は僕に向かって「やあ」と言った。僕も彼に向かって「やあ」と応《こた》えた。一〇〇万回生きた猫は歩みを止めず、職員室の中へと入っていく。

僕はそのままキャッチボールを眺めていた。あるいは、と考える。キャッチボールを見飽きないのは、そこになんらかの秩序があるからかもしれない。鳥が飛ぶ姿にも、噴水が吹き上がる様にも、言葉にしづらいけれど秩序を感じる。重力は巨大な秩序だ。巨大な秩序に逆らう、ささやかな秩序を、僕は好むのかもしれない。なんにせよ僕は落書きが嫌いだ。あれは、あらゆる意味で秩序的ではない。

五分ほどキャッチボールを眺めていると、また職員室のドアが開いて、一〇〇万回生きた猫が出てきた。

僕は彼に声をかける。

「どうだった？」

「疑われていたよ、もちろん。でも思ったよりも早く話が終わった」

「それはよかった」

「まったくだね」

「君は犯人をみなかったの？」

「どうして？」

「いつも屋上にいる。心当たりがあってもよさそうなものだ」

「教師にも同じことを尋ねられたよ。でも、みていない」

僕は正面から一〇〇万回生きた猫の顔を眺める。彼は微笑《ほほえ》んでいたけれど、普段よりも疲弊している様子だった。彼は複数の相手と同時に顔を合わせるのが苦手だと言っていた。職員室には、もちろんトクメ先生の他にも教師がいる。

「どうして階段に落書きなんてしたんだろう？」

と僕は尋ねる。

「さあね。いろんな人に、いろんな事情がある。戦争が上手な王様がいて、犬のいる家にばかり入る泥棒がいる。みんな仕方のないことだ」

と一〇〇万回生きた猫は答える。

彼はそのまま足を踏み出した。また屋上に戻るつもりなのかもしれない。あるいは寮の自室に向かうのかもしれない。彼がどこに住んでいるのか、僕は知らない。

ほんの好奇心で、彼の背中に尋ねる。

「トクメ先生は、君のことをなんと呼んでいるの？」

一〇〇万回生きた猫は、首の上だけでこちらを振り返り、軽く肩をすくめた。

「オレは一〇〇万回生きた猫だよ。ほかの名前なんてない」

そして彼は、また歩き出した。


僕もさっさと寮に帰ってしまいたかったけれど、鞄《かばん》を置いたままだったから、教室に戻る必要があった。

教室には、真辺と、委員長と、佐々岡と、堀がまだ残っていた。真辺がいるのは予想通りだったけれど、あとの三人までいたのは意外だ。

僕の顔をみて、真辺が口を開く。

「どうだった？」

「どうって？」

「疑われた？」

「ま、それなりにね」

「じゃあ、真犯人をみつけましょう」

真辺がそう言い始めることはわかっていた。彼女は冤罪を嫌う。――彼女が嫌うものなんて、二、三〇は簡単に羅列できるけれど、冤罪というのはその中でもかなり早いタイミングで登場する言葉だ。

話が長くなりそうだったから、僕は自分の席の椅子《いす》をひいて腰を下ろす。

「でも優先するべきなのは大地のことだろ？」

「どっちが先って問題でもないと思うけど」

「高校一年生と、小学二年生なら、小学二年生を常に優先するべきだ」

「うん。それはそうだね」

真辺が頷いて、委員長が席から立ち上がる。

「一度、整理しましょう」

彼女はチョークを手に取り、それをすばやく、キツツキみたいに黒板に打ちつけた。横書きで「大地」、「落書き」と並べて書く。意外と字が粗い。

「問題はふたつですね。この島にやってきた少年、相原大地くんと、階段に描かれた落書き。落書きの方の解決方法は簡単です。犯人をみつければいいのだから」

彼女は「落書き」の下に矢印をひいて、「犯人捜索」と書き足した。それから、振り返って教卓に両手をつく。

「では、相原大地くんの方はどうすればいいのでしょう?」

答えたのは真辺だ。

「定期便が必要だと思う」

彼女の話はよく飛躍する。昼食の話題がいつのまにか生態系に関する深刻な議論になっていたり、休日の過ごし方のはずなのに熱気球の限界高度を調べる必要が生まれたりする。

委員長は困った風に眉《まゆ》を寄せた。

「定期便っていうのは、どういうこと?」

「この島と外を結ぶ定期便だよ」

「どうして、そんな話になるんですか」

「考えてみたんだけど、結局、階段島が隔離されているからいけないんだよ。元いたところと行き来が自由なら、私はここになんの不満もないもの。定期便があれば、大地を家まで送り届けることだってできる。今後、同じ問題が起こることもない」

まったくだ、と僕は思う。

ゴミ箱がその機能を保っていられるのは、しっかりとした壁と、必要に応じて蓋《ふた》があるからだろう。壁と蓋がなければ、いらないものをその中に閉じ込めておくことはできない。ゴミ箱の外に出たいなら、壁と蓋とを壊してしまえばいい。

委員長は戸惑っている風にも、苛立《いらだ》っている風にもみえる仕草で、何度かチョークの先で黒板を叩く。

「でも、そんなことが可能でしょうか?」

「可能だよ。定期便はもうあるんでしょ? 土曜日には、通販の荷物を載せた船がやってくるって聞いたよ」

「でも人は乗れません」

「それがおかしいよ。人も運ぶようにして、それから本数を増やしてもらえばいい」

「どうやってですか?」

「魔女と話し合う」

委員長は軽く息を吐き出して、僕の方をみた。

仕方なく僕は口を開く。

「一応、筋は通ってるんじゃないかな。可能か不可能かは別として」

真辺の話はいつだってそうだ。理想的で、その通りにことが運べばなにひとつ問題はない。でも多くの場合、彼女が設定する目的は学生の手にある。委員長も頷いて、

「そうですね、可能か不可能かは別にして」と反復した。

さすがに真辺も、意見が満場一致で迎え入れられているわけではないのだと察したようだった。

「他になにか、いい方法がある？」

と彼女は尋ねた。

委員長が頷く。

「この島を出るためには、自分の失くしたものをみつけないといけないということになっています」

「それじゃだめだと思う」

「どうしてだめなんですか？」

「根本的な問題の解決にならないもの。今回は上手くいっても、また次に同じ問題が起こるかもしれない。どれだけ捜しても失くしたものがみつからない人だっているかもしれない」

「といっても、目先のことからひとつずつ片付けていかないと物事は前に進みません」

「そもそも、失くしたものをみつけるなんて、可能なの？」

「どういうことですか？」

「大地が失くしものをしていたとして――」

話をシンプルにするために、僕は真辺の言葉を補足する。

「大地は消しゴムを失くしたと言っていたよ」

「なら、消しゴムをみつけだせばこの島から出られるとして、それを大地が失くしたのはどこだと思う?」

委員長も、真辺が言いたいことがわかったのだろう。彼女はしぶしぶといった様子で答える。

「自宅か、小学校だと考えるのが自然だと思います」

「うん。でも大地の家も通っていた小学校も、島の外にあるはずだよ。島から出るために、島の外にあるものを捜さないといけないの?」

多くの場合、真辺の指摘は正しい。

自然に考えればこの島のルールは矛盾している。

「前提からおかしなルールを気にしていても仕方がないよ。私たちは、もっと確実な手段をみつけないといけない」

と真辺は言った。

委員長は言葉を詰まらせているようだった。

隣の席の佐々岡が、ふらふらと椅子を傾けて、僕の耳元でささやく。

「真辺って意外と頭いいの? 委員長がこういうので言い負かされるのって、けっこう珍しいじゃん」

僕はささやき返す。

「答えづらい質問だね。僕は馬鹿《ばか》だと思ってるけど」

とはいえ真辺は、頭の回転が遅いわけでもない。議論はけっこう強い方だと思う。だから余計に僕の苦労が増えるし、敵も作りやすい。

佐々岡は能天気に笑っている。

「お前はどっちの味方すんの？」

「味方ってなんだよ」

「いいよな。女の子が言い争ってると、なんか青春って感じするじゃん」

「別にふたりとも、争ってるつもりはないと思うけど」

「いいや。オレのみたところ、委員長は相手を言い負かしたがるタイプだな」

たしかに僕の感覚でも、委員長は負けず嫌いなところがある。身長が低いこともあって、背伸びしたがっている子供みたいで微笑ましいけれど、口に出すと本気で怒りそうだから黙っておくことにする。

たぶん会話が聞こえていたのだろう、委員長がこちらを睨《にら》んでいた。とりあえず「真面目《まじめ》に考えなよ佐々岡」と彼女にも聞こえるように言って、僕は罪を逃れておく。

「いやいや、考えてるよ？　これからすげえいいこと言うつもりだったんだぜ」

委員長は不機嫌そうだ。

「前置きはいいからさっさと言ってください」

「つまりさ、オレたちが失くしたものは、この島でも取り戻せるものなんだよ」

「どんなものですか？」

「たとえば、愛だな」

「なんですかそれ馬鹿みたい」

「なんだよ、愛って言っときゃとりあえず小綺麗《こぎれい》にまとまるだろうが」

だよな、と佐々岡が僕の肩を叩いた。そんな授業で無理やりポエムを書かされた中学生みたいな意見に同意を求められても困る。

委員長がばんばんと教卓を叩いた。

「ともかく、失くしたものは遺失物係が管理しているはずです。ならそれは物体で、私たちと一緒にこの島まで運ばれていると考えるのが自然です」

真辺が真剣な表情で、顎に手を当てる。

「ああ、確かに、遺失物係なんてものがあるんだったね」

「はい。だからこの島で、失くしものを捜すのはおかしくありません。なにを失くしたのか思い出しさえすれば、遺失物係がそれを返してくれることになっています」

「なるほど。そうか」

真辺はなにかひらめいたようだった。

嫌な予感がする。彼女に新しいアイデアが生まれるたびに、僕の苦労が増えるのだ。まだ学者たちは発見していないけれど、この世界には確かにそういう法則があるのだと思う。

真辺は弾んだ声で告げる。

「連絡船が無理なら、遺失物係をどうにかする方法があるね。あそこに、自由に出入りできれば、みんな簡単に失くしたものをみつけられるよ」

「でも遺失物係の扉には鍵《かぎ》がかかっていますよ」

「木製の扉だよ。それほど強固じゃないと思う」

「どういうことですか」

「壊すのは難しくない。アマゾンでもチェーンソーくらい買えるよ」

委員長が、勢いよく教卓を叩く。

「そんなの、許されるわけないじゃないですか」

「どうして？」

真辺の横顔はきょとんとしていた。本当に、意味がわかっていない様子だった。

「器物損壊で、不法侵入ですよ」

「落し物をネコババするのも犯罪じゃなかったっけ？」

「そうかもしれないけれど、でもだめなものはだめです」

「扉一枚だよ。小さな子供が家に帰れないことより、ただの扉の方が大事かな」

委員長がまた言葉をつまらせる。真辺には悪意も敵意もない。ただ自分の価値観を率直に言葉にしているだけだ。でもそれが、人に共感されることはあまりない。

机の上で頬杖《ほおづえ》をついて、僕は言った。

「ま、そんな方法もあるかもしれない。あくまで選択肢のひとつとして」

それから、むしろ委員長に向かって続ける。

「でも扉を壊して灯台に侵入するよりは、魔女と話し合う方が理性的で、まっとうな方法だと僕は思う」

代案はある？　と尋ねると、委員長はしぶしぶといった様子で首を振った。それから黒板に、「魔女と話し合う」と書く。

「魔女に会う方法を、みつけないといけませんね」

魔女は山の上にいる。でもそこに繋《つな》がる階段は、決してのぼりきることができない。

――本当に？　時任さんは、のぼったと言った。でも僕にはできなかった。

佐々岡が口を開く。

「オレは、あの落書きにヒントがあると思うぜ」

真辺は首を傾げる。

「落書き？」

「星とピストルの落書きだよ。書いてあっただろ？」

ええと、と佐々岡が口ごもり、代わりに委員長が言った。

「魔女はこの島に過去ばかりを閉じ込めた。未来はどこにある？　ですね」

「そうそう、それだよ。なんかいかにも、魔女のことを知ってそうじゃん」

「どうでしょうね。ただのいたずらだと思うけど」

「いいじゃん、知ってることにしようぜ」

「ことにしよう、といっても」

「そうすりゃミッションが上手くひとつにまとまるんだよ」

佐々岡が席を立つ。彼は委員長を押しのけるようにして黒板に向かい、「落書き」の下の「犯人捜索」からさらに矢印を引いた。その先に「魔女のことを聞き出す」と書き足して、隣の「魔女と話し合う」につなげる。

佐々岡は満足げに、ぱんぱんと指先についたチョークの粉を叩き落とす。

「完璧《かんぺき》」

「どこがですか」

「ゲームだとたいてい、目先の事件を追っかけてると真相に辿《たど》り着くもんなんだよ」

「ただの落書き犯に期待し過ぎです」

「いいだろ、どうせ落書きしたやつは捜すんだから。ダメだったらまたそれから考えればいいじゃん」

お前も早く冤罪を晴らしたいだろ、と佐々岡に言われて、僕は「まぁね」と答える。実のところ、落書きの犯人として疑われていることは、あまり気にしていなかった。とはいえ遺失物係のドアをチェーンソーで切り刻むよりも、魔女の館《やかた》に乗り込むよりも、落書き犯を追いかける方がずっと健全だ。

佐々岡はいい加減、この議論を切り上げようとしているのだろう。僕もそれに乗っておくことに決める。

「五人もいるんだから手分けしようよ。真辺は落書き犯の方をお願いできるかな？」

わかった、と真辺が頷く。

「私は真辺さんについて行きます。なんだか心配だし」

と委員長が言った。

「オレもそっちにするぜ。男同士で組んでも面白くないしな」

と佐々岡が言った。

真辺が席から立ち上がり、僕の方を向いた。

「七草はどうするの？」

「魔女について聞き込みをしてみるよ」

とりあえずこの島には、いくつか気になっていることがある。

それから、僕たち四人の視線が、堀に集まった。彼女はいつも通りに、まだ一度も口を開いていない。

「堀は僕の方につき合ってくれるかな？」

と尋ねると、彼女は小さく頷《うなず》いた。

＊

チェーンソーで思い当たったことがある。

小学生のころ、真辺由宇は石をぶつけて窓ガラスを割った。もちろん故意に、確かな意思を持って。

クラスメイトにピースと呼ばれていた女の子がいた。なぜピースなのか、僕は知らない。このエピソードにおいて重要なことでもない。ピースは比較的善人で、同年代の中では精神的に成熟している女の子だった。

ことの発端は、ピースが夏休みの自由工作で作った貯金箱だ。

その貯金箱は色紙をはりつけた牛乳パックでできており、上部にメリーゴーランドの切り絵がついていた。コインをいれると中の風車のようなギミックが動いて、メリーゴーランドがくるりと回る仕掛けになっていた。きっと手先が器用な子だったのだろう、よくできているなと僕も思った。

放課後に、クラスの男子生徒が面白がって、その貯金箱で遊んでいた。その時はピース も笑っていたように思う。

でも僕が真辺と話しているあいだに、様子が一変した。一体何があったのか、貯金箱が窓から落下してしまったのだ。見下ろすと貯金箱は潰《つぶ》れ、メリーゴーランドの部分がちぎれて風で転がっていた。

貯金箱を落としてしまった男子生徒にも、罪悪感はあっただろう。たぶん、その罪悪感に対して、言い訳したかったのだ。

「ただの牛乳パックだろ」

と彼は言った。

「ゴミがゴミに戻っただけだよな」

正確なセリフは覚えていないけれど、そんな言葉だったと思う。

ピースは何も言わずに教室を出て行った。僕は諸行無常だなと思っただけだった。でも真辺はもちろん、男子生徒に詰め寄った。彼女が「謝りなさい」と言い、男子生徒が「知るか」と答えた。殴り合いのケンカになりかけたので、とりあえず僕は真辺に加勢したように思う。

五分後には真辺が男子生徒の手をひいて、ピースの後を追っていた。

でも彼女はピースの家を知らなかった。

「七草、知ってる?」

残念ながら知っていた。わりと近所に住んでいた子だったのだ。

彼女の後ろを走りながら、僕は言った。

「明日でいいんじゃない? 時間を置いた方が、お互い冷静になれると思うよ」

ピースがあの貯金箱を作るのに、どれだけ苦労したのかは知らない。彼女が今、どれだけ悲しんでいるのかもわからない。けれどピースはわりと善人だから、明日になれば笑ってすべて水に流せるかもしれない。

前を向いたまま真辺は答える。

「感情的な問題を、冷静に解決しても仕方ないじゃない」

思い出すと笑ってしまう。小学生のセリフだとは思えない。真辺は馬鹿だけど、頭のいい子供だった。

なんだか彼女が恰好よくみえて、僕はついピースの家を教えてしまった。

でもピースの家には鍵がかかっていた。共働きなのか、他の用事があったのかは知らないけれど、両親はどちらもいないようだった。

インターフォンを鳴らすと、スピーカー越しにピースの声が聞こえた。でも彼女は、

「ごめん、帰って」と言っただけだった。それきり、何度インターフォンを鳴らしても彼女は出なかった。「もう帰ろうぜ」と男子生徒が言った。

　真辺は首を振る。

「だめ。あの子泣いてたじゃない」

　確かにスピーカー越しに聞いたピースの声は掠《かす》れていて、泣き声のようだった。

　真辺は庭に回り込み、窓からの侵入を試みたけれど、どこも開いていなかった。庭の片隅にあった石をつかむのをみて、彼女が何をしようとしているのかわかった。

「やめろ」

　と僕は言った。

　彼女はじっとこちらをみる。

「どうして？」

「叱《しか》られるよ」

　そうとしか答えられなかった。本当は、叱られるのが問題じゃなくて、窓ガラスを割ることにもっと漠然とした抵抗を感じていた。それは恐怖によく似ていた。

「でもあの子は、泣いていたんだよ。窓ガラスとか、叱られるとかが、それよりも重要なことかな」

　僕にはなにも答えられなかった。

窓に近づいて、彼女は言った。

「それに私、もうすぐ誕生日なの。お母さんが好きなものを買ってくれるって」

誕生日のプレゼントに窓ガラスをねだろうとした小学生を、僕は真辺しか知らない。

もちろん彼女が欲しがっていたのは、窓ガラスなんかではないけれど。

彼女はためらいのない動作で、窓に石をぶつけた。あの時のガラスが割れる音を、僕は今でも覚えている。騒々しくて澄んだ音、ずっと忘れられない。

真辺は窓ガラスにぽっかりと空いた穴に手を突っ込んで、内側から鍵をあけた。

「行こう」

そういって、男子生徒の手をつかむ。彼は真辺に気圧《けお》されているようだった。

「ガラス、気をつけてね」

後ろから声をかけると、真辺は頷いて、家の中に入っていった。

僕はそのあとを追わなかった。近所の公衆電話から自宅に電話をかけて、「友達の家で遊んでいたらガラスを割っちゃったんだ」と告げた。

あの時の真辺の行動が、本当に正しかったのか、僕にはまだわからない。あるいは時間をおいて、悲しみも怒りもみんなうやむやにぼやかせてしまうのが、真っ当なやり方だったのかもしれない。

でも少なくとも、彼女は必要であれば、チェーンソーで扉を切り刻む女の子だ。

3

学校を出た僕は、電線を見上げて歩いた。

魔女についての聞き込みをしようと思ったのだ。電気や水道など、この島のライフラインに関わっている人たちは、魔女に近しい立場なのではないかと予想していた。普通に考えて、うっかり階段島に迷い込んだだけの住人が、いきなり電気屋を始められはしないはずだ。とりあえず電線を辿れば、なんらかの電気に関する施設に行き当たるのではないかと思った。

日の暮れかかった空には、電線がよく映えた。五本の線が並んで、どこまでも伸びていた。音符のない譜面のように、その様は静かだった。

隣には堀がいる。

彼女はピンク色のマフラーで口元を隠して、どこか困ったような、不機嫌そうな表情で電線を見上げている。彼女の視線の先で、スズメが電線から飛び立った。

堀と二人きりになったのは、都合のよいことだった。

「手紙を読んだよ」

と僕は言う。

昨日の夜、寮に届いていた手紙だ。そこには簡潔な一行だけが書かれていた。

堀は視線を、電線からこちらに移す。

でも何も言わなかった。彼女はいつだって無口だ。

「君から貰《もら》った手紙が、あんなにも短かったのは初めてだね」

堀の手紙はいつだってとても長い。

理由のひとつには、話題が多いから、というのがある。彼女の手紙はその週にあったことが網羅されている。

たとえば学生食堂で、委員長や佐々岡や僕が「好きな食べ物は?」と話していても、堀はずっと黙っている。その返事が、週末に手紙になってやってくる。――私はタマゴサンドが好きです。飲み物だとラッシーです。

いちいち律儀に、すべての会話に返信をくれるから、どうしても長くなる。

もうひとつの理由に、とても注釈が多いというのがある。――とはいえ、私はインドに行ったことがないので、ふだん口にしているものが本物のラッシーと呼べるかはわかりません。詳しいことは知らないけれど、本来のラッシーはダヒーと呼ばれるヨーグルトで作られるようで、これが日本のヨーグルトと同じものなのか自信がありません。日本では多くの食べ物が日本人用にアレンジされていると聞きます。私が好きなラッシーはあくまで日本で作られた、日本人用のラッシーなのかもしれません。こう書くと、もしかしたら私が、インドに否定的なイメージを持っているように思われてしまうかもしれません。「インドの飲食物であれ、日本で作った方がおいしい」というような。ですがそういった意図は一切なく、ただ「本場のラッシーは飲んだことがないけれど日本で飲めるラッシーは好きだ」と伝えたいだけだと、ご理解いただけるとありがたいです。

僕には、「ラッシーが好きだ」という一文に、これだけの注釈が必要になる理由がいまいちよくわからない。でも無口な彼女の成り立ちのようなものを、ぼんやりと想像する手がかりにはなる。

きっと彼女は繊細で、言葉を丁寧に扱おうとしすぎるのだ。

あらゆる誤解に怯《おび》えていて、できるなら誰も傷つけたくなくて、だから咄嗟《とっさ》にはなにも喋《しゃべ》れなくなってしまう。独りきりじっと思考して、満足いくだけの注釈を並べ終えてからようやく、それを相手に伝えられるのだ。

だからこそ昨夜、彼女から届いた手紙が意外だった。

――真辺さんは危険。

とだけ、そこには書かれていた。なんの注釈もなく、誤解を怖《おそ》れている様子もなかった。

僕は電線の影を辿る。それは階段がある山を回り込むように続いている。道路はやがて、細く急な上り坂になり、木々ですぐに視界がさえぎられる。

「正直な話をしよう」

と僕は言った。

「昨日、君が送ってくれた手紙のことだよ。とてもシンプルだったけれど、気遣いのようなものを感じた。きっと君は、僕を心配してくれたんだね」

堀はなにも答えない。口元をマフラーで隠し、ちらちらと僕に視線をよこし、こちらに歩調を合わせて歩く。

冷たい空気が首元を撫《な》でた。彼女のマフラーがうらやましかった。僕もなにかで、口元を隠していたかった。

「だけどあの手紙の意味は、僕にはよくわからなかった。せっかく書いてくれたのに、ごめんね。一行だけだと行間を読むこともできないんだ」

これは僕なりの冗談だったけれど、堀はくすりとも笑わなかった。僕の冗談はわかりづらいとしばしばいわれる。残念なことだ。

「君の言う通りだよ。真辺は危険だ。彼女に関わると厄介なことに巻き込まれるというのもある。それとは別に、真辺自身が、とても危ういと僕は思っている」

真辺由宇は強い。

いつもまっすぐで、躊躇《ためら》わなくて、素直に理想を求められる。

だから真辺は、とても危うい。きっと彼女は大地を助けるためなら、どんなことだってするだろう。大地。偶然顔を合わせただけの少年だ。彼はしばらく、真辺の胸で泣いただけだ。けれど彼女にとってはたったそれだけのことが、自分自身を投げ出す理由にだってなる。

変身もできない、必殺技も使えないヒーローが、それでも正義の心を忘れられなかったならきっと、悲惨な結末しか訪れないだろう。

「真辺は頭がいいけれど、でも馬鹿だから、不幸な未来を想像できないんだよ。彼女は落書き犯を追いかけているくらいでちょうどいいんだ。放っておくと本当に、アマゾンでチェーンソーを買っちゃうからね」

彼女がチェーンソーで灯台の扉を切り刻むシーンを想像するのは、難しいことではなかった。駆けつけた警察官になんというのかも。階段島にだって駐在所があり、警察官がいる。この島には裁判所はないから、司法権の一部さえ警察官が持っている。

もしも扉を切り裂いた時、そこに警察官がやってきたら、彼女はこういうだろう。

――はい、これをやったのは私です。もちろん法に触れることだと知っていますが、それでも扉を壊すのが正しいと判断したんです。私を捕まえたいならあとにしてください。貴方《あなた》の手を振りほどいてでも、殴り倒してでも、私は先に進まないといけないんです。

法律には詳しくないけれど、たぶん器物損壊と執行妨害だ。強盗未遂も該当するだろうか。未成年だからそれほど大事にはならないかもしれない。でも避けられるなら避けた方がよいし、放っておくと彼女は何度だって同じことを繰り返す。

「大地がこの島を出るべきなのかさえ、僕にはよくわからないんだ。彼を元いた場所に帰しても、悲しいことしか起こらないんじゃないかと思う」

小さな子供が、捨てられた人たちの島にやってきたなら、きっとそれなりの理由があるはずだ。単純なハッピーエンドを僕には想像できない。

「でも真辺にそんな話をしても無駄だ。子供というのはすべからく親の元で愛情を注がれてすくすくと育つべきだと信じているからね。大地の家庭にどうしようもない悲劇のようなものがあって、ずっとこの島で暮らした方がまだましだという可能性を、想像もできないんだ」

真辺由宇には理想しかみえない。

現実的な問題の多くは、努力すれば一〇〇点を取れるテストとは違うのだということを、彼女は理解していない。

「真辺は危険だけど、でも、だからこそ誰かがそばにいないといけないんだよ」

ふいに堀が足を止める。

僕も立ち止まって、彼女をじっとみつめる。

マフラーの向こうから、堀の弱々しい声が聞こえた。

「真辺さんのそばにいる誰かが、七草くんじゃないといけないの？」

彼女の声はか細く、怯える子猫みたいに震えていた。

「久しぶりに聞いたな」

僕は微笑む。

「堀の声、けっこう好きだよ」

真辺由宇のそばにいるべきなのが、僕だとは思わない。

それでもこの島で、彼女を理解しているのはきっと僕だけだから、今は離れるわけにはいかない。


電線は山道の先へと続いていた。

高い位置から、いくつかの鳥の鳴き声が聞こえた。ある鳥は低く長く鳴き、別の鳥は高く短く鳴く。日が落ちつつあった。木々の足元の闇《やみ》がずいぶん色濃くなっている。そろそろ引き返した方がいいかもしれない。

そう考えた時、曲がりくねった道を抜け、ふいに視界が開けた。

前方に明かりがある。それは小さなプレハブ小屋から漏れていた。プレハブ小屋の隣には灰色の倉庫のようなものがある。その倉庫は柵《さく》で囲われている。柵には白いプレートがついており、そこに『配電塔』と書かれている。

僕は隣の堀を眺める。彼女はじっとこちらを見返して、それから首を傾げた。

配電塔。ちっとも塔にはみえないけれど。

僕は明かりのついたプレハブ小屋に近づく。後ろを堀がついてくる。

ゆっくりと三回、ドアをノックした。なかなか返事はなかった。もう一度ノックしようとした時、ドアが開いた。

顔を出したのはひどく痩《や》せた男だった。無精ひげを生やしている。彼は頭のてっぺんからつま先まで、じっくりと僕を眺めた。

「隣の配電塔を管理しているのは貴方ですか？」

僕は尋ねる。

「この島の電気事情が気になって、電線を辿ってきたんです。もしよろしければ、お話を聞かせてもらえませんか？」

男はうつむいていた。じっと、僕の左手をみているようだった。

「腕時計を外せ」

と彼は言った。

「時計が嫌いなんだ。まずは腕時計を外せ」

僕は言われた通りに腕時計を外し、ポケットに入れた。

「よし。入れ」
と彼は言った。国境の関所を護《まも》る軍人のようだった。
プレハブ小屋には木製のテーブルがあり、その前に同じく木製の椅子がある。隣には
ガラス製の戸がついた棚がある。それは、食器棚のようだったけれど、並んでいるのは
すべて同じ銘柄のウィスキーボトルだ。角ばった瓶で、ずいぶん古びた様子のラベルが
張りついている。
壁にはいくつものフックが取りつけられていて、細長い針が垂れ下がっていた。しば
らく考えて、どうやら時計の秒針のようだと思い当った。その下に、壊れた時計たちが
積み上げられていた。
「秒針はいつも虐《しいた》げられているんだ。そうだろう？　休みなく同じ場所を回り続ける姿
はまるで奴隷《どれい》だ。重い荷物を背負って疲弊しきっているようだ。それをオレは解放して
いるんだ」
革命だ、と男は言った。
でも僕には、どちらかというと、壁にぶらさがった秒針の方が悲しげにみえた。
男は戸棚からウィスキーを取り出す。テーブルの前に座り、直接、ボトルに口をつけ
る。
「お前、名前は？」

「七草です。彼女は、堀」

うしろに立っていた堀が、ぺこりと頭を下げる。

「そうか。オレは中田だ。配電塔がどうかしたのか？」

別に、配電塔について知りたいことはない。

でもとりあえず尋ねた。

「そもそも配電塔って、なにをするものなんですか？」

「電圧を変換するんだ」

中田さんは何度かウィスキーに口をつけながら説明した。

「電気ってのはとても不安定なんだ。送電するだけで消えていくんだ。それを抑えるためには、電圧を高くする必要がある。でも電圧が高いと、家電の方が壊れちまう。だから高い電圧で送電して、民家に届く手前で電圧を下げるんだ」

「新鮮なまま冷凍して、料理する前に解凍するみたいですね」

「そうだ。冷凍された電気を、あの配電塔で解凍しているんだ。それでもどうしたっていくらかは目減りしちまう。仕方のないことだ」

「電気は、どこから届くんですか？」

「島の外だよ。この島に発電所はない」

「どうやって？」

「さあな。海底ケーブルをひいているんだろう」

おかしな話だ。海を越えて電気が届いているなら、配電塔は海辺にあるべきじゃないのか？　どうしてこんな、山のふもとに作ったのだろう。

彼はまたウィスキーに口をつける。

「詳しいことはオレも知らない。オレは配電塔をチェックするだけだ。あとは秒針を残酷な運命から解放するだけだ」

「中田さんはいつから、配電塔の仕事をしているんですか？」

「七年か、八年か前だ。よく覚えていない。重要なことじゃない」

「誰に配電塔のチェックを頼まれたんですか？」

「どうしてそんなことを知りたがる？」

「なんだか楽しそうな仕事だなと思って」

「楽しくはない。ずっと暇だ」

「暇なのは、わりと好きです」

「それはお前が本物の暇を知らないからだ。暇と休息の違いを知っているか？」

そのふたつは、まったく別もののように思えた。違いなんていくらでもありそうだったけれど、なのに咄嗟には言葉が出なかった。

中田さんは言った。

「それらは共に束縛のない時間だ。まっしろで、自由だ。でも人間は本質的に自由を求めているわけじゃない。不自由の中に、息継ぎみたいに自由が混じるからいいんだ。自由ばかりだとどうしていいのかわからなくなっちまうんだ。誰だって同じだよ。休息は愛せても、暇は愛せない」

僕は自由を求めているだろうか、と考えてみる。

答えはよくわからない。昔から、自分が欲しがっているものがよくわからない性質なのだ。お腹《なか》が空《す》いても食べたいものがわからない。本屋に行っても読みたい本がみつからない。

「中田さんも、暇が嫌いなんですか？」

「ああ。嫌いだな」

「でも」

僕は、壁に掛かった何本もの秒針に視線を向ける。

「動かなくなった秒針も、暇そうですね」

中田さんは、口元に運ぼうとしていたウィスキーをテーブルに戻した。じっとこちらをみて、にたりと笑った。

「秒針なんて、知ったことか」

不思議な人だ。

――じゃあどうして秒針を解放しているんですか？

とは、僕は尋ねなかった。

その答えは訊《き》くまでもなく明白だとも思ったし、もしも外れていたなら、訊いたところで理解できないだろうとも思ったのだ。


それから中田さんは、部屋のかたすみに積み上がった、壊れた時計を順に手に取って僕と堀にみせてくれた。

壁掛け時計があり、目覚まし時計があった。鳩《はと》時計があり、腕時計があった。どれも針は動いておらず、秒針が外されていた。

僕と中田さんは、その時計が動きを止めたのが、午前なのか午後なのかを議論して過ごした。もちろん答えなんてわかるはずがなかった。でもある時計は午前五時一五分に止まったようにみえたし、別の時計は午後二時三〇分に止まったようにみえた。

堀はいつものように、黙って僕たちの会話を聞いていた。「どうして何もいわないんだ？」と中田さんが言った。「沈黙は詩的ですよ」と僕は答えた。

三〇分ほどそうやって過ごした。

プレハブ小屋を出る前に、僕はもう一度、中田さんに尋ねてみた。

「誰に配電塔のチェックを頼まれたんですか？」

今度は、中田さんはきちんと答えてくれた。

「魔女だよ。たぶんな」

「魔女に会ったんですか？」

「いや。手紙が届いた」

「どんな手紙ですか？」

「もう覚えちゃいない。ここの鍵も入っていた。配電塔の管理をすれば、毎月給料が振り込まれる。それだけだ」

なるほど、と僕は頷く。魔女は徹底して姿を現さない。

質問を変えることにした。

「じゃあ、この島からいなくなった人を知っていますか？」

この島では、しばしば住民が消える。彼らは島を出て、元いた場所に戻ったのだということになっている。中田さんはもう何年もこの島にいるとのことだ。ひとりくらい、島から消えた人に心当たりがあっても良い。

「オレはほとんど人付き合いをしないんだ」

「そうですか」

「でも、ひとりだけいるな」

「教えてください」

彼はウィスキーで赤くなった頬を、手のひらでごしごしと擦《こす》る。

「小さな子供だよ」

「子供？」

「七つか八つか、それくらいだったと思う。この島じゃよく目立った。でもいつの間にかいなくなっちまった」

大地と同じくらいの年ごろだ。

「それは、いつごろのことですか？」

「よく覚えちゃいないよ。七、八年前だ。オレがこの島に来たころだ」

なら今は一五歳前後といったところか。もしまだこの島にいるなら、学校に通っているはずだ。でも小学生のころから島にいる生徒の話なんて聞かない。

酔いがまわりつつあるのだろう、中田さんは、呂律《ろれつ》の回っていない声で言った。

「そういえば、その子からも手紙を貰ったことがある。へんな手紙だよ。いや、手紙ではなかったのかもしれない。言葉の定義はよく知らない。オレは辞書を持っていないんだ」

アルコールが入ると、彼の話は脱線しやすくなるようだった。

「そこには、なんと書かれていましたか？」

「文字はなかった。絵がひとつあっただけだよ。なかなか上手《うま》かった」

絵。たしかにそれは、手紙とは呼べないのかもしれない。クエスチョンマークだけの手紙の話なら聞いたことがあるけれど。

「どんな絵でしたか？」

と僕は尋ねる。

中田さんは首を傾げて、また頬をごしごしと擦った。

「星だよ」

「星」

「黄色い星と、黒いピストルの絵だ」

言葉に詰まる。

――星と、ピストル？

わけがわからなかった。混乱して、軽く寒気さえ覚えた。

それは今日、学校でみつかった落書きと同じイラストだ。どうして？　まったく、繋がりがわからない。

「でも、その子はもういなくなっちまったんだよ」

と中田さんは言った。

4

寮に戻って、夕食を済ませたあとに、食堂の片隅にあるピンク電話が鳴った。ハルさんに「女の子からだよ」と声をかけられて、受話器を受け取ると真辺の声が聞こえた。

「こんばんは。今日はどうだった？」

僕はがらんとした食堂につまらなそうに並ぶ椅子のひとつを引っ張って、ピンク電話の前に腰を下ろした。それから、電線の先の話をした。――そこには配電塔があり、プレハブ小屋があり、中田さんがいた。彼はいくつもの秒針を苛酷《かこく》な運命から解放していたけれど、その話は置いておこう。中田さんが配電塔の管理を始めたのは、手紙で魔女に頼まれたからだ。正確にはわからないけれど、彼も魔女のことをあまりよく知らないようだよ。給料は毎月、口座に振り込まれている。

以前にも小さな子供がいたことは、話さなかった。中田さんが受け取った、星とピストルのイラストのことも。僕もまだ混乱していて、上手く説明できる気がしなかったのだ。口を滑らせると、後々に問題を残しそうだった。

電話の向こうから、彼女の生真面目《きまじめ》な声が聞こえた。

「口座って？　この島、銀行もあるの？」

「ゆうちょが使える。昨日行った郵便局に、一台だけATMがある」

ちゃんと貯金も引き出せるから、僕は今のところ、それほど熱心にアルバイトをしなくてもなんとかなっている。

「あの郵便局って本物だったの？」

「本物ってなんだよ」

「日本郵政グループ？　そういうのの」

「たぶんそうなんじゃないかな。ゆうちょあるし」

「どうして地図に載っていない島にそんなのがあるの？」

「知らないよ。受け入れるしかない」

この島にはアマゾンの荷物も届くし、郵便局にはゆうちょのATMだってある。でもグーグルマップには載っていないし、島を出ることもできない。成り立ちはわからないけれど、受け入れるしかない。

「そっちはどうだった？」

と僕は尋ねる。

彼女は落書き犯を捜していたはずだ。

「今日、学校を休んでいた生徒四人と連絡を取ったよ」

「へぇ。すごいね。捜査が早い」

「水谷さんが、先生と仲がいいみたいだから。助かった」

「それはよかった」

「でも、怪しい人はいなかったよ。三人は病気で、一人はずる休みだったみたい。たぶん四人とも寮から出ていない」

「困ったね。どうしようか」

「こっそり寮を抜け出した可能性はあるよ。もしかしたら犯人は生徒じゃないのかもしれないし、授業中に絵を描く方法があるのかもしれない」

「そうだね」

結局、犯人はまったく絞り込めていないけれど、まあいい。犯人捜しをしているあいだは、真辺も平和的な日々を送れるだろう。

電話の向こうで真辺は言った。

「それから、明日は港の方へ行ってみようと思う」

なるほど。明日は土曜日だ。港には様々な荷物が届く。真辺の目的は、この島と外とを繋ぐ定期便を運航することだから、そちらも調べたいのだろう。

「本当は早く、魔女のところに行きたいんだけど。船は週に一度だけだから」

「うん。階段は逃げない。明後日《あさって》でもいい」

真辺は委員長や佐々岡と、明日の午前一〇時に集まる予定を立てているらしい。僕もそれにつき合うことに決める。佐々岡は同じ寮だから、とりあえず彼についていけばいいだろう。

彼女は言った。

「大地の様子はどう？」

「心配しなくても大丈夫だよ。今のところ、うちの寮の管理人さんと上手くやってるみたいだから」

大地は食堂のテーブルに、置物みたいにちょこんと座っている。ハルさんから貰ったものだろう、ぶかぶかのトレーナー姿だ。

僕は彼に向かって手招きする。それに気づいた大地が椅子から飛び降り、ちょこちょことこちらに寄ってくる。

「なに？」

僕は受話器に手を当てて、大地に向かって微笑む。

「君の話をしていたんだ。真辺――昨日、君をみつけたお姉さんだよ。なにか話したいことはある？」

大地はしばらく沈黙したあとで、頷いた。

手元の受話器から、小さな音で、「どうしたの七草？」と彼女の声が聞こえた。

僕は再び受話器を耳に当てる。

「ちょうど大地がいる。彼に代わるね」

「わかった」

僕が受話器を差し出すと、大地は何かに怯えるような手つきでそれを受け取った。彼はいつも何かに怯えているようにみえる。笑っている時でさえ、いつも。

両手で受話器を持った大地は、ややうつむいて、言った。

「相原大地です。昨日は、ありがとうございました」

それから、「これでいい?」と言いたげな瞳《ひとみ》でこちらをみた。友人が飼っていた犬が、とってこいをしたあとの表情に似ていた。なんだか笑ってしまう。

僕には聞こえなかったけれど、真辺が何か言ったようだった。大地は受話器を、強く耳に押し当てた。

「うん」

大地が頷く。

「わからない」

と大地は言った。

「わかった」

と大地は言った。

「うん」

と大地は言った。

「さつまいもコロッケ。美味《おい》しかった」

と大地が言った。

最後のはおそらく、今日の夕食の話だ。あとの四つは質問を想像もできない。

「わかった」

ともう一度言って、大地は受話器をこちらに差し出した。受け取って、僕は真辺に尋ねる。

「なんの話をしていたの？」

「普通で、当たり前なことだよ」

「そう」

「小銭がなくなりそうだから、もうきるね」

「うん」

「じゃあ、また明日《あした》」

おやすみなさい、と真辺が言った。

おやすみなさい、と僕も言った。

お互いに心地良く眠れるといいなと、僕は思う。

受話器をピンク電話の上に戻すと、じっとこちらをみている大地と目が合った。

僕は微笑んで尋ねる。

「なにか、僕に用かな？」

大地はこくんと頷く。それからズボンのポケットをごそごそとやって、透明なケースに入ったトランプを取り出した。

「もし暇なら、一緒に遊びませんか？」

「いいよ。僕はだいたい暇なんだ」

大地は嬉《うれ》しげに、にたりと笑う。

ずいぶんトランプが気に入ったようだ。僕が学校に行っているあいだに、ハルさんからスピードとソリティアを習ったそうだ。

僕と大地は食堂のテーブルで向かい合って座り、しばらくブラックジャックをして遊んだ。ルールの飲み込みが早いので、面白がってポーカーも教えてみた。キッチンからマッチ棒をみつけてきて、それをチップ代わりに取り合った。

そのあいだ、僕はいくつかのありきたりな質問をした。「好きな教科はなに？」とか、「休みの日にはなにをして遊ぶの？」とか、そんなことだ。

大地は算数とサッカーが好きな少年だった。サッカーではキーパーをやることが多いそうだ。一方で彼は、ほとんど家庭のことを話さなかった。両親の話になると、「わからない」と口にすることが増えた。

七ゲーム目が始まった時点で、僕よりも大地の方が、少しだけ多いマッチ棒を持っていた。彼はツーペアを崩して、強引にストレートを狙《ねら》ったけれど、結局なんの役もできなかった。僕はジャックのワンペアで勝利した。手札を開いたとき、彼はわずかに微笑んだ。

不思議な少年だ。

今朝、ババ抜きをしたときも、大地は笑った。手元にジョーカーが残ったとき、「負けちゃった」と呟《つぶや》く前に、彼は確かに笑った。

大地はいつも少しだけ負けたがっているようだった。ゲームは心から楽しんでいる。でも、勝利は相手に譲ろうとする。

小学二年生の少年が？　信じられない。

次のカードを配りながら、僕は尋ねる。

「今朝、家に戻れなくてもいいって、君は言ったね」

大地がじっとこちらをみる。彼の表情は綺麗なポーカーフェイスだった。僕はそこから、なにも読み取ることができないでいた。それは真夜中の湖畔を想像させた。自然にできた静寂みたいな無表情だった。

僕は二枚のカードを、大地は三枚のカードを、それぞれ交換する。

「どうして、家に戻れなくてもいいんだろう？」

沈黙は長く続いた。

僕もなにも言わないでいた。

「怖い」

と一言だけ、大地は答えた。

小学二年生が自宅を怖がることに、どんな理由があるのだろう？　たとえばテストで悪い点を取ったとか、些細《ささい》ないたずらがばれたとか、そういうことではないだろう。彼はもう丸一日、この島で過ごしているのだ。ささやかな理由なら、両親に会えない恐怖に飲み込まれていた方が自然だ。

「なにが怖いの？」

大地は答えない。彼はじっと、自身の手札をみつめている。

仕方なく、僕は言った。

「僕はね、真辺由宇が怖い。ずっと昔から、本当に怖いんだ。どうしてだか言葉にするのは難しい。でも言ってみれば、僕と彼女は真逆なんだ」

この島に訪れる人は、誰だってなにかしらの欠点を持っている。たとえば学校が怖い先生、たとえば虚言癖のある友人。上手く会話ができない堀も、ゲームミュージックを流し続けている佐々岡も、人の面倒をみなければ気がすまない委員長も、秒針を解放し続ける中田さんも。みんな何かが欠けている。

――ところで七草。君の欠点はなんだろう？

と一〇〇万回生きた猫が言った。

「悲観主義という言葉を聞いたことがあるかな？」

大地が首を振る。当たり前のことだ。多くの、小学二年生の語彙《ごい》にある言葉ではないだろう。悲観主義者の小学二年生なんてものは、できるならいない方がいい。

「僕も詳しいことは知らない。きっと心理学的には、いろいろと詳細な定義があるんだろうと思う」

心理学ってなに？　と大地は言った。

人の心の働きを研究する学問だよ、と僕は答えた。

それから続ける。

「簡単に言ってしまうと、悲観主義というのは、物事を悲しい方向ばかりに考えてしまうことだ。対義語は楽観主義。よくグラスに半分注がれた水の話で説明される。グラスに半分の水を見て、半分もあると考えるのが楽観主義、半分しかないと考えるのが悲観主義だ」

大地にはまだ難しい話だろう。

本当に頭の良い人は、難しいことを簡単に伝えられるというけれど、僕にはそれほどの知性はない。でも大地には誠実に話したいと思うから、難しいことを難しいまま伝えるしかない。今は理解できなくてもそれでいい。

「僕は自分が悲観主義者だと思っている。もしかしたら正確には違うのかもしれない。でも僕の想像力は、いつも悲観的な方向ばかりに働くんだ。計画を立てる。きっと失敗するだろうと思う。友人ができる。きっと不仲になるだろうと思う。綺麗《きれい》なものをみつける。きっと汚れてしまうだろうと思う」

どこかの誰か、たぶん歴史的に頭の良い人が言った。

――大いなる悲観主義は、大いなる楽観主義に通じる。

なにもかもを諦《あきら》めていれば、なにも期待しなければ、なんだってできる。巨大な悪に立ち向かうむこうみずな英雄は、大いなる楽観主義者でなければ、大いなる悲観主義者なのだろう。すべてを諦めてしまえば、命を投げ出すことだって難しくはない。

僕はそこまで開き直ってはいない。それでも僕の行動のベースには、いつだって悲観的な思考がある。真辺由宇とは正反対だ。我慢の同義語は諦めだ、と僕は言った。我慢の対義語が諦めだよ、と彼女は言った。

正反対な真辺由宇が、僕は怖い。

その心理は、やっぱり上手く言葉にできない。

本物の悲観主義者は何もかもを諦めている。きっとなにも怖がらないのだろう。僕は悲観主義者としても偽物《にせもの》だ。

大地はじっと僕の言葉を聞いていた。彼の思考はわからなかった。なにも伝わっていなくても仕方がない。

「なんだか君は、僕に似ている気がするんだよ」

と僕は言った。

それはたぶん、決して小学二年生に向かって口にするべき言葉ではなかった。なぜこんな話をしているのか僕自身よくわからないけれど、でも続けた。

「いつか、ふと気が向いた時でいい。君が怖がっているものについて、僕に教えてほしい。上手なアドバイスはできないだろうけれど、少し気を紛れさせることくらいならできるかもしれない」

僕はこの少年をどうしたいのだろう？

僕はこの少年になにを与えたくて、なにを求めているのだろう？

わからない。でも、きっと僕自身のために、僕はそう言った。

大地はほんの少しだけ頷《うなず》いて、ありがとうございます、と答えた。

僕たちはポーカーを再開する。

でも二人とも、なんの役もできていなかった。

5

時計の針は休むことなく動き続けていた。あるいは中田さんが指摘したように、それは奴隷のように。

翌朝の一〇時になる少し前、僕は佐々岡と一緒に寮を出て、真辺たちとの待ち合わせ場所に向かった。港に荷物を運ぶ定期船をみにいくことになっている。

佐々岡がぼやく。

「ミッションがわかりにくいんだよな。港に行って、それからどうすりゃいいんだ」

「船長と交渉するんじゃないかな。人も運んでくださいって」

「そんなの許されると思うか？」

「無理だろうね。結局、その辺りの決定権は魔女が持っているだろうから、交渉するならそっちだ」

「船を運航させるために魔女と交渉するって、順序がへんじゃね？　魔女の島に乗り込むために船乗りと交渉する方が自然だろ」

「まったく自然じゃない。そもそも魔女なんて登場して欲しくない」

毎日愚痴をこぼしながら学校に行って、そこそこ可愛いクラスメイトにときめいたりしながら、漠然とした将来の不安をやり過ごしているのが自然な高校生というものだ。魔女と戦う必要はないし、船乗りとの交渉さえしたくない。

僕はあくびをかみ殺す。

「気が進まないのなら、つき合う必要はないよ。家でゲームでもしていればいい。真辺は身勝手だから、真面目に相手をするとこっちがへとへとになる」

「嫌だよ。不思議系女子が現れたら、とりあえず振り回されとくのが常識だろ」

「君の判断基準はよくわからないな」

「そうか？　女の子への好奇心ほどシンプルなものはねぇよ」

「なるほど。そうかもね」

「お前はなんで真辺に付き合ってんだよ」

「どうしてだろうね、僕も不思議だ」

学生寮は、学校へと続く階段の近くに密集している。真辺の寮なんて三月荘のすぐ向かいにある。そんなわけで僕たちの待ち合わせ場所は、細い路地を抜け、大通りに出てすぐの角だった。だれがどんな理由で置いたのか、大通りの道端にはぽつぽつといくつかベンチが並んでいて、そのひとつに真辺と委員長が並んで腰を下ろしていた。

四人で「おはよう」と挨拶《あいさつ》を交わす。

堀は、今日は参加しないそうだ。委員長が誘ったけれど断られたらしい。きっと別の用が入っているのだろう。委員長も夕方からアルバイトの予定を入れているから、それまでしかつき合えないとのことだ。

「それから、また落書きがみつかったそうです」

と委員長が言った。

むしろ楽しげに、佐々岡が尋ねる。

「まじかよ。どんな？」

「今回も星と拳銃《けんじゅう》のイラストだと聞いています。場所も同じで、学校に行く階段の途中です」

「どうして知ってるの？」

と僕は尋ねた。まさか今朝のニュースで流れたわけでもないだろう。

「友達が電話で教えてくれたんです。昨日、私が落書き犯を捜していたから」

「なるほど」

それなりに噂《うわさ》になっているようだ。階段島は事件の少ない場所だから、きっとみんな暇なのだろう。

「やっぱり奇妙な文章が添えられていたそうですよ」

「へぇ。どんな？」

「君たちは鏡の中にいる。君たちはなんだ？　そう書かれていたみたいです」

真辺が眉《まゆ》を寄せる。

「よくわからないな。伝えたいことがあるなら、はっきり書けばいいのに」

「そうですね。誰かにだけわかる暗号みたいなものでしょうか」

「それなら手紙を送ればいいよ。みんなにみえるように、わけのわからないことを書く理由ってなんだろう？」

「結局、いたずらでしょうから、あんまり真面目に考える必要もない気がします。本人は芸術表現の一種だとでも思っているのでしょう」

ふたりの会話に、佐々岡が口を挟む。

「いいじゃん、なんかわくわくするじゃん。船着き場よりも落書き犯の方が面白そうじゃね？」

僕は真辺に尋ねる。

「どうする？」

「落書きの方は、今はいいかな。現場をみにいっても、わかることはあんまりないと思う」

その通りだろう。

僕は頷こうとしたけれど、その前に委員長が口を開いた。

「犯人捜しはかなり進展したみたいですよ」

「どういうこと？」

「現場の近くで、ナドさんが目撃されています」

ナド。一〇〇万回生きた猫。

先生たちはナドさんを疑っているみたいですよ、と委員長は言った。


船着き場は真辺たちに任せて、僕はひとり、学校を目指した。

ふたつの落書きを踏み越えて、階段を上る。――魔女はこの島に過去ばかりを閉じ込めた。未来はどこにある？　君たちは鏡の中にいる。君たちはなんだ？

中田さんから聞いた、以前この島にいた少年の話を思い出す。八年も前に、少年は中田さんにこれと同じイラストの手紙を送ったという。一体、どういうことだろう？　わけがわからなくて、気持ち悪い。

土曜日でも一〇〇万回生きた猫が学校にいることは知っていた。

音のない校舎を駆け上がって、僕は屋上へと続くドアを開く。一〇〇万回生きた猫はフェンス際《ぎわ》に座り込み、膝《ひざ》の上に肘《ひじ》をついてこちらをみていた。

平気な様子で、彼は言う。

「どうしたんだい？　ずいぶん慌《あわ》てて」

僕は上がった息を整えるために、開いたままのドアに身体《からだ》を預ける。何度か深く息を吸っては吐いて、尋ねた。

「落書きの犯人は、君か？」

一〇〇万回生きた猫は首を傾《かし》げる。

「どうかな。オレにはもう少し、絵心があるように思うけどね」

「どうして君が疑われるようなことになったんだ？」

「昨日、授業に出ていなかった。今日の早朝、階段の辺りでオレをみかけた人がいた」

「それだけか？」

「ちょうどその時、オレは絵筆を持っていた」

僕は一〇〇万回生きた猫に歩み寄り、隣に腰を下ろす。

「どうして？」

「ふたつ目の落書きを最初に発見したのは、たぶんオレだろうね。絵の具が掠《かす》れていたから、綺麗に塗り直してやろうと思ったんだ」

「ずいぶんつまらないことをする」

「ちょっとした遊び心だよ。だからまったくの冤罪《えんざい》ってわけじゃない。確かにあの絵の片隅は、オレが色を塗った」

「先生には？　そういったの？」

「いや。すっとぼけておいたよ。片隅だけ塗ったんですなんて言って、信じて貰《もら》えるわけもないさ。それに犯人が誰だろうと、オレだろうと、別にどうでもいい」

「犯人だってことになると、いろいろと面倒だろう？」

「そうでもない。何も変わらないさ、きっと。今までだってそうだ。オレは一〇〇万回も死んだのに、それでもなにも変わらなかったんだよ」

変わるとか、変わらないとか、そういう問題ではない。真辺由宇は冤罪を嫌う。一〇〇万回生きた猫の罪は落書きの片隅を丁寧に塗り直したことで、それ以上ではないはずだ。

「近々、本当の落書き犯がみつかるはずだよ」

「どうかな。オレが疑われてるってことは、他にはめぼしい容疑者がいないってことだろう？」

「だとしてもだよ。真犯人がみつからないままっていうのは、おかしい」

「でもオレには、味方なんてひとりもいない」

「真辺が犯人を捜そうとしている」

「ただの女の子に何ができるっていうんだい？」

「ほとんどなんにもできない。それでも、犯人はきっとみつかる」

「だといいけどね」

軽く伸びをして身体をほぐしながら、一〇〇万回生きた猫は言った。

「なんにせよオレは、あのマークが気になっているんだよ」

「マーク？　落書きの？」

「そう。星と拳銃を組み合わせたマーク」

「なにか心当たりがあるの？」

「まず想像したのは、シェリフスターだよ。西部劇で決闘する保安官のあれだ」

「どうしてそんなものを、階段に落書きするんだろう？」

「あるいは犯人は、正義の味方のつもりなのかもしれない。ひとりでこの島を護っているつもりなのかもしれない」

僕は首を振る。

「よくわからないな。階段島に危険なんてものはないよ。いったい、誰から島を護るっていうんだ」

「オレにもわからない。でも、考えられるのは魔女くらいだ。あの落書きは階段にあった。ひとつ目よりもふたつ目の方が高い位置だ。だんだん、魔女に近づいているようにもみえる」

「魔女から階段島を護ろうとしている？」

「知らないよ。なんとなく想像しただけだ」

「落書きでいったい、なにを護れるっていうんだ」

「きっとなにも護れないだろうね。でも、魔女はこの島の秩序だ。街中にある落書きってのは、大抵が秩序への反抗だろ」

「ま、そうだろうね」

「ほかに考えられるのは、才能が認められない自称芸術家が自棄《やけ》になったくらいだ。でも、だとすればあの落書きは、ちょっと雑過ぎる。作品への愛とか、妄執とか、うぬぼれとか、そういうものが足りていない」

「君は芸術に詳しいの？」

一〇〇万回生きた猫は、息を吐き出すように笑った。

「美しいフォルムの焼き魚についてなら、いくらでも語ってやるさ。でも人間は、そんなものを芸術だとは認めないだろう？　ならオレにわかるのは、甘えた声の出し方と、爪《つめ》の立て方くらいのものだ」

「どちらも君には似合わない」

「だからいいんだよ。ギャップという奴《やつ》だ。いつもはつんと立ち去る猫が、ある日すり寄ってきたら可愛くみえるものさ」

一〇〇万回生きた猫が可愛くみえるなんてことはあり得ない。

階段を駆け上がって汗ばんでいた肌が、外気で冷えてきたようだった。僕は軽く身震いして、手のひらで頬に触れた。冷めた肌と肌とを合わせると、どちらも少しだけ暖かい。不思議なことだ。

「もうひとつ、星と拳銃の組み合わせで思い浮かぶものがある」

と一〇〇万回生きた猫は言った。

彼は空を眺めていた。いつの間にか、雲がずいぶん出てきている。なんとなく重みのある、汚れた色の雲だ。そのうちに雨が降り始めるのかもしれない。階段島には天気予報がないから、調べることはできない。

「ピストルスター。知っているかな?」

僕は頷く。

天体にはあまり詳しくない。でも、ピストルスターのことは知っている。射手座の方向にある星だ。

「僕の好きな星だよ。もしも何かのアンケートで、好きな星を尋ねられればピストルスターと答える」

好きな食べ物も、好きな色も、咄嗟《とっさ》には出てこないけれど、星なら決められる。

一〇〇万回生きた猫が笑う。

「そんなアンケート、聞いたこともないな」

「僕もだよ。誰も好きな星なんか知りたがらないんだろうね」

太陽と月と北極星と、あとはメジャーな夏の大三角形くらいにしか興味がなくて、ほかの星はみんな一緒だと思っているんだろう。

「人間は、本当に大切なことはなにも知りたがらないからね」

「好きな星は大切なことかな？」

「食べ物や色なんかよりは、ずっとね」

「どうして？」

「決め難いからだよ。決め難いものを決めるには、どうしても体験か、哲学が必要になる。本当に尋ねるべき質問はこうだ。――貴方《あなた》が最後に、影をまじまじとみたのはいつですか？　爪切りを買うときの判断基準はなんですか？　好きな星はなんですか？　食べ物や色はどうでもいい。職業にも生年月日にも意味はない」

「そんなものかな」

「そんなものさ」

長いあいだ、影なんて眺めていない。爪切りを買う基準だって特にない。

僕は階段島にきて初めて、自分で爪切りを買った。ほかの日用品とまとめてアマゾンで注文した。ずらりと並ぶ検索結果から、どんな基準でひとつの爪切りを選んだのか、もう思い出せなかった。

一〇〇万回生きた猫に尋ねる。

「君の好きな星はなに?」

「そうだね。オレはネメシスが好きだ」

「知らないな」

「まだみつかっていない。太陽には伴星があるんじゃないかという説がある。その伴星の名前が、ネメシスだ」

「どうしてその星が好きなの?」

「もし実在したなら、ネメシスは地球から一番近い恒星ともいえる。太陽の周囲を回っているなら、どこかのタイミングで太陽よりも地球に近づいているかもしれない。なのにオレたちにはその星をみつけられない。太陽の光が強すぎるから、小さな星がそばで輝いていてもみえないんだ」

「悲しい話だね」

「うん。オレはね、わりと悲しい話に肩入れしたくなる性質なんだよ」

「そんな星が、本当にあるのかな」

「たぶんないんじゃないかな。否定的な研究結果が出ていたように思う」

「なくてよかった」

悲しい星はない方がいい。

「オレはそれでも、あって欲しいと思っているよ」

「どうして？」

「決まってるだろ。一番、好きな星だからだ」

納得しかけたけれど、なんだか騙《だま》されているような気もした。

真辺の方が気になって、僕は一〇〇万回生きた猫に別れを告げようとした。でもその前に、ひとつだけ尋ねる。

「ねぇ、君はもしかして、落書き犯が誰か知っていて、庇《かば》おうとしているんじゃないのかな」

そうとでも考えなければ、彼が落書きの近くで筆を持っていた理由がない。

でも一〇〇万回生きた猫は首を振る。

「そんなわけないだろ。猫はただ気まぐれなだけさ」

僕は立ち上がり、そろそろ行くよ、と告げた。

＊

ピストルスターについて知ったのは、まだ小学校に入る前のことだ。

ある夏の日に、僕は家族でキャンプに出掛けた。父はあまりそういうことが好きなタイプではなかったから、きっとふとした気まぐれだったのだろう。

真夏の夜は蒸し暑くて、なかなか寝つけなかった。ふだんとは違う寝床に気分が高揚していたのかもしれない。

「眠れないのかい？」

と隣の父が言った。

僕は頷いたのだと思う。

「じゃあ、少し散歩してみようか」

父に連れられて、テントを出た。

熱気に乗って、むんと草の匂《にお》いが鼻をついた。どこか遠くから、フクロウの鳴く声が聞こえていた。黒い木々は闇《やみ》が絡《から》まりあっているようだった。なんだか不気味で、怖ろしくて、僕は小走り気味に父のあとを追った。

キャンプ場は海辺からそう離れていない場所にあった。僕たちは土がむき出しの小道を歩いて、その岸まで出た。波の音がゆっくりと、平坦《へいたん》に、この世界を構成する無数の歯車のリズムを朝までに整えておくように鳴っていた。

「ほら」

父が夜空を指さす。

それを見上げて、息を飲む。瞬間、胸の中から、夜への恐怖が吹き飛んだ。

圧倒的な星空が広がっていた。

星々の光はあんまりまっすぐで、あんまり潔癖で、澄みきっていて、僕はなんにも言えなくなった。それが現実の光景だとは思えなかった。異世界が目の前に広がっているようだった。

満天の星に照らされた夜空の闇は純粋な黒ではなかった。途方もなく深い青がしっとりと輝いていた。見上げると空に向かって落下しそうな、吸引力を持つ群青色《ぐんじょういろ》だった。気圧《けお》されて、頭がくらくらして、僕は危うく転びかけた。景色に押しつぶされそうだった。

父は淡々と夜空を指さし、いくつかの星について説明してくれた。ある星には長い逸話があり、別の星には記号のような名前しか与えられていなかった。

射手座の方向をさして、

「あれがピストルスターだよ」

と父は言った。

それから、ピストルスターのことを教えてくれた。

簡単に言ってしまえば、僕はピストルスターに心を奪われたのだ。群青色の空に浮かぶ、その小さな輝きに。

これはどこにも繋《つな》がらない思い出だ。

僕の胸の内側に飾られた、孤独で、どこかにひっぱり出されることなんてない記憶の断片だ。決して傷つくはずのないものだ。そのはずだった。

でも結果として、それは僕の目の前に現れることになった。

ピストルスターは今、群青色の美しい夜空から落下して、薄汚れたコンクリートにへばりついている。

6

もちろん、真辺由宇が問題を起こしていないはずがなかった。

僕が港に着いた時、彼女たちは並んでベンチに座っていた。真辺だけが普段通りで、委員長と佐々岡は疲れ果てている様子だった。重苦しい雰囲気だけど、真辺は不釣り合いに大きな段ボールを抱えていて、なんだか可笑《おか》しい。

「どうしたの？」

と僕は声をかける。

三人は同時にこちらを向いた。真辺が答える。

「船に乗ろうと思って」

「密航？」

「うん」

「その段ボールで積荷に紛れ込もうとして、みつかって叱《しか》られたわけだ」

「よくわかるね」

「君は単純だから。まずは事務所の人にでも事情を話してみるべきだと思うけど」

「それも試してみた。でも、やっぱり人間は運べないって」

「なるほど。それにしても無茶なことをするね。君、すぐに乗り物に酔うだろ？　段ボールの中で気分が悪くなったら最悪だよ」

真辺はわずかな時間、困った風に眉間《みけん》に皺《しわ》を寄せた。それから「我慢できると思う」と拗《す》ねた口調で呟《つぶや》いた。

なんにせよ、ただ段ボールに潜むだけの密航が成功するとも思えなかった。そんな方法で島の外に出られるなら苦労はない。

「段ボールに入ると身動きがとれないでしょ。どうしたの？」

「水谷さんと佐々岡くんに運んでもらって」

僕はふたりに視線を向ける。

佐々岡が、「オレは止めたんだぜ？」と言った。委員長は彼の横顔を睨《にら》み、「嘘《うそ》です。やめなさいって言ったのに台車までみつけてきたじゃない」と言った。僕はため息をつく。

「いいかい、真辺。密航は犯罪だ」

「そうかもしれないけど、でも」

「君ひとりなら、まあいいけどね。委員長や佐々岡は巻き込んじゃいけない」

佐々岡はわりとどうでもよかったけれど、とりあえず数に入れておく。

「ちゃんと、ふたりに謝った？」

「まだ」

「謝りなさい、迷惑をかけたんだから」

真辺はベンチから立ち上がり、ふたりに向かって「ごめんなさい」と頭を下げた。僕も、主に委員長に向かって、「真辺が無茶でごめんね」と謝る。委員長は無理やりな愛想笑いを浮かべている。

もう少し叱っておいた方がいいだろう、と感じて、僕はまた真辺に向き直る。

「いったい、なにを考えているんだよ。君の目的は魔女と話し合って定期便を運航させることだろう？　魔女は島の中にいるんだから、船に乗っても仕方がない。戻ってこれるとも限らない」

「でも、外に出たら警察にも相談できるよ」

「これまでにも島から消えた人がいて、彼らは元いた場所に帰ったんだということになっている。なのに島のことは外には知られていないみたいだ。なんらかの方法で魔女が阻害していると考えた方が自然だよ」

「なんらかの方法って？」

「たとえば、記憶を消すとか。僕たちはみんな、この島に来たときの記憶を失っている。外に出ると次は、階段島にいた記憶を失っても不思議じゃない。もしそうなってしまったなら、誰も大地を家に帰そうとは思わない」

「七草は？」

「君がいなくなったら、すぐに諦めるよ。もっと計画を練った方がいい。危険なことをするのは、他の可能性をぜんぶ試してみてからでいい。とくに他の人を巻き込むときはよく考えて」

いかにもしぶしぶといった様子で、真辺は頷いた。

だいたい君はいつも考えが足りないんだ、と続けようとした時、委員長が「もうそれくらいで」と言った。助かった。僕は本来、喋《しゃべ》るのも人に注意するのもあまり得意ではないのだ。

委員長に尋ねる。

「学校や寮に連絡がいっているのかな？」

「それは大丈夫だと思います。なんだかずいぶん長く叱られましたが、それもマニュアルみたいで。大事《おおごと》にはしたくない様子でした」

よかった。面倒が増えたわけではないようだ。

「船の人と話したんでしょ？　どんな感じだったの？」

「なんというか、お役所っぽい対応でしたね。真辺さんがなにを言っても、ルールで決まっているのでだめですという返事で」

相変わらず段ボールを抱きかかえたまま、真辺が睨むような目で僕をみる。

「あの人たちは、島のことを知っていたよ。私たちが強制的にここに連れてこられたんだって知っていた」

「そう」

「まるで、普通に働いている普通の人みたいな様子なのに。どうして明らかにおかしいこの島を放っておくの？」

確かに奇妙だ。

でもそういった種類の不思議なら、この島に満ち溢《あふ》れている。なにか強い力でこの島は保護されている。階段島の、一見するとありきたりな日常は、異常な力で護られている。島での生活を受け入れている限りは、その異常性は表面化しない。でも何かを変えようと試みると、いろいろなところにほころびがみつかる。

その様はコンピュータゲームの世界を想像させた。一見すると平和な町でも、現実的に考察すると明らかにおかしな点がある。商業が成り立つはずがなかったり、国家を維持するには明らかに人口が少なすぎたり、家屋と住民の数が合わなかったり、という風に。階段島も同じように奇妙な点がある。なぜか生活に必要なインフラは安定して整っており、明らかに流出の方が多いように感じる貨幣は枯渇《こかつ》せず、住民がぽんと増えても住む場所や食料が足りなくなるようなこともない。誰かがどこかで無理やり辻褄《つじつま》を合わせているようだった。

船のこともそうだ。――島には物資が足りません。なら、外から運びましょう。島の人間を外に出したくはありません。なら、人は運ばないようにしましょう。いろいろな現実的な問題を無視して、そんな風に、強引に決めてしまっているようだった。

――でも、それがどうしたっていうんだ。

どれほど強引だったとしても、どこかの誰かがバランスをとってくれているのなら、ありがたいことじゃないか。無理に暴《あば》き立てる必要なんてない。どれだけ非現実的だったとしても、僕たちの現実は階段島にあるのだ。ここで生きて行くしかない。

「とりあえず、昼食にしようか」

と僕は言った。

「これからの方針について、食事でもしながら話し合おう」

でも本当は、僕にとって話し合うべき方針なんてものは存在しなかった。真辺由宇について、僕の方針は初めから決まっている。

僕たちはアリクイ食堂で遅い昼食をとった。

アリクイ食堂は船着き場からそう離れていない場所にあるから、土曜日には大勢の客でいっぱいになる。僕たちは席に着くまで、二〇分ほど待たされた。この食堂では同じ学校の女子生徒が何人か働いている。同年代の女の子がエプロンをつけて働いている様子を眺めるのは、なかなか不思議なものだ。彼女たちは教室にいるときよりも、いくぶん大人びてみえた。職業的であることと大人的であることは似ている。

僕はぼんやりと店内の様子を眺めながら、甘酢あんに絡まった唐揚げがメインの定食を食べた。真辺と委員長がぽつぽつと話し合っていたけれど、具体的な行動のプランはなにも出てこなかった。結局、この島をどうにかしたければ魔女に会うしかない。けれどその方法がみつからない。

重苦しい雰囲気で食事を終えて、なにも決まらないまま僕たちは食堂を出た。

佐々岡はすでに、一連の調査に飽きつつあるようだった。あるいは密航に失敗して叱られたことが彼なりに応《こた》えているのかもしれない。

「聞き込みのついでに、友達の家に行ってくるよ」

そう言って彼は、どこかに歩いていってしまった。

「すみません、私も」

委員長が、申し訳なさそうに言う。

「夕方から、アルバイトがありますから」

そんなわけで、午後の三時ごろに、僕と真辺はふたりっきりになった。

「どうしよっか」

と真辺が言う。

「寮の方に戻ろう。雨が降りそうだから」

と僕は答える。

雲はその重みをさらに増していた。宙に浮かんでいるのが不思議なくらいだった。真辺も、なにをしていいのかわからないのだろう。こくんと頷いて僕についてきた。

「落書きの犯人は、ナドっていう人だったの?」

「違うよ」

「そう。じゃあ、そっちも捜さないとね」

「うん」

「階段を見張ってみようか? 二件とも落書きは階段にあったもの。もし三件目があるのなら、やっぱり階段だと思う」

「それも悪くないね。晴れた夜に、天体観測でもしながら」

「真面目に犯人を捜さないとだめだよ」

「もちろん。でも、ついでに楽しむのは悪いことじゃない」

「そうだね」

真辺の歩調は、普段よりも少しだけ元気がないようだった。彼女は背中を丸めることも、視線を落とすこともない。だからわかりにくいけれど、たまには落ち込む。疲れてしまうことも、傷ついてしまうこともある。なにも進展しない現状が真辺だって苦しいのだろう。

ぽつりと、鼻先に水滴が当たる。周囲からホワイトノイズみたいな音が聞こえて、アスファルトが黒く変色する。もう降ってきた。

「走ろう」

と真辺が言った。そのあいだにも、雨は勢いを増していく。

僕たちはとりえず、目についたパン屋の軒先に駆け込んだ。パン屋は、今日は店を閉めているようだった。土曜日は港に荷物が届くから、それを受け取りに行くために休みにするところが多い。

雨粒は小さいまま、その勢いを増していった。希薄な水に島が沈んだようだった。軒先のテントがぱたぱたと音をたてる。

「やむかな」

と真辺が言った。

「どうだろうね。もう少しましになったら、走って帰った方がいいかも」

「そっか」

短い会話のあと、しばらく、互いに黙り込んだ。少し濡《ぬ》れたからだろう、真辺が小さなくしゃみをする。僕は上着を脱いで真辺に貸そうかと思った。でも僕の上着も水を吸っていて、あまり意味があるとは思えなかった。

空を見上げる。雨脚が勢いを弱める様子はない。

雨音で掻《か》き消えてしまいそうな、小さな声で、真辺は言った。

「たまに、すごくもどかしくなることがある」

僕は黙って、彼女の声を聞いていた。

「まっくらやみで捜しものをしているような気分になることがある。欲しいものはすぐそばにあって、手を伸ばせばつかめるはずなのに、その場所がわからないの。ほんの小さな豆電球があればみんな解決するのに、私はそれを持っていないの」

彼女の声は感情的ではなかった。

それは間違いなく弱音だったけれど、そんな風にも感じなかった。たぶん僕がいけないのだろう。本来なら、誰かがきちんと、真辺の言葉を弱音として聴かなければならないのだ。でも僕には、やっぱり彼女のあらゆる言葉が、弱音には聞こえなかった。

「私は考えるのが苦手だから、そんなとき、とにかく辺りのものをひっつかもうとするの。それで、あとから後悔したりもする」

彼女に後悔という言葉は、似合わない。

「なんにせよ、密航しようとしたことは反省しているわけだ」

「やっぱり人に迷惑をかけちゃいけないね。次に会ったら、ちゃんと謝る」

「うん。あのふたりは、謝れば許してくれると思う」

雨はすべての風景をにじませて、あらゆる音にノイズを混ぜる。眺めていると現実がぼやけていく。

ほかにすることもなくて、僕たちは珍しく昔の話をした。真辺との思い出はいくつもあった。あんまり数が多いから、忘れられないような出来事さえ、彼女の口から聞くまで忘れていた。

真辺はこちらに向かって、少しだけ首を傾げる。

「海に行ったのって、六年生の時だっけ？」

「五年じゃないかな。六年の夏は、君、足を折っていたでしょ」

たしか木から落ちたのだ。僕は現場に居合わせなかったから、どんな事情があって小学六年生の女の子が木に登ることになったのかは知らないけれど。

「そっか。ともかく海岸の近くにアイスクリーム屋さんがあったでしょ」

「あったかな」

「あったよ。食べたもん。すごく味が濃いやつ。今のところ、人生で一番美味《おい》しいアイスだよ」

「よく覚えてないな」

その海では、たしか真辺が酔っぱらった大学生かなにかともめて、ずいぶんはらはらしたものだった。アイスクリームがいくら美味しくても、記憶には残らない。

「約束したんだよ。またこのアイスを食べにこようって」

「そうだっけ?」

「うん。バニラとチョコとストロベリーがあって。ふたりだとどれかひとつは食べられないから、またこようって七草が言った」

覚えてはいなかったけれど、その場面なら簡単に想像できた。

真辺は、重要なことはすぐに決断するくせに、どうでもいいことはいつまでも悩み続けるところがある。きっとどのアイスにするかなかなか決められない彼女をみて、僕はそう提案したのだろう。

「約束は忘れちゃだめだよ」

「できるだけ気をつける。もし忘れていたら、君が思い出させてくれればいい」

しばらく会話が途切れて、雨音だけが聞こえた。それは大きな音だったけれど、反面ですぐに意識から抜け落ちる、希薄な音だった。

ひそめたような声で、真辺が言う。

「じゃあ、中学二年生の夏にした約束は、覚えている？」

普段なら、そんな質問も上手《うま》くかわすことができただろう。

でもなんだか今は、奇妙に心境が素直だった。雨音が鳴っている。なにかノイズのように。その音は、嫌いじゃない。

僕は首を振る。忘れていたわけではなかった。

「違うよ、真辺。僕たちはなんの約束もしなかった」

真辺由宇に対して誠実であるなら、こう答えるしかない。

＊

その夏に真辺由宇がいなくなることは、二か月も前から聞いていた。

だからとりたてて動揺するようなことはなかった。

きっと多少の寂しさはあっただろう。長いあいだ、僕の日常は彼女を中心に回っていたのだから。でも泣きたいような気分でもなかった。僕たちの関係が途切れることは、むしろ自然な成り行きのように感じていた。

月に少し雲がかかった夜、近所の公園のすべり台の下で、僕たちは「さよなら」と言い合った。名前を知らない夏の虫が、甲高い声で鳴いていた。

真辺由宇はまるでありきたりな女の子のようにうつむいていた。ありふれた感情で別れを悲しんでいるようだった。その姿が印象的だったのを覚えている。あの時だけは、彼女は特別な輝きのようなものを失っていた。

「ねぇ七草」

彼女は言った。

「ひとつだけ訊《き》いてもいいかな？」

その言葉も彼女らしくはなかった。質問に許可が必要だなんて発想が、真辺由宇にあったことに、驚いた。

僕は頷く。

きっと夏の空気のせいだろう、彼女の声は、どこか湿って聞えた。

「どうして、きみは笑ったの？」

よくわからない。——笑った？　いつ？

「私が引っ越すって言ったとき。七草、笑ったでしょ？」

よく聞けば真辺の声は震えていた。——ずっと訊きたかったんだけど、訊けなくて。

これも真辺らしくない言葉だ。

もう二か月も前のことだ。僕は正直、自分がどんな表情だったのかなんて覚えていなかった。その心境も、わからなかった。

「私は、これまでずっと七草に迷惑をかけてきたのかな？」

うつむいたまま、真辺は呟く。

「私はきみと一緒にいられてよかったし、いろいろな面で救われてきたけれど、でもきみはずっと迷惑だったのかな？」

僕は笑った。今回は自覚して。

あんまり今さらな言葉に、笑わずにはいられなかった。

「もちろんだよ。僕が抱える問題や悩みは、だいたいが真辺に関係していた。君がいなければきっと、僕の日常はもっと静かで、穏やかで、取り留めのないものだった」

彼女は寂しげに首を傾《かし》げる。

「だから、安心して笑ったの？」

僕は首を振った。

「よく覚えていない。でも、たぶん違う」

真辺由宇との関わりを消し去ってしまうことなんて、きっと少しも難しくない。はっきり口にすればいいだけだ。――ごめんね。君と一緒にいるのはもう疲れたんだ。悪いんだけど少し距離を置かせてもらえないかな。

もしかしたらそれで、真辺は傷つくかもしれない。あるいはそんなの僕の思い上がりで、普段通りに平然と「わかった」と答えるだけなのかもしれない。どちらにせよ彼女は、もうそれ以上僕と関わろうとはしなかっただろう。

でも僕はずっと彼女と一緒にいた。なぜ？　わかりきっている。

僕は真辺由宇が嫌いではなかった。どれだけ悩みが増えても、厄介事に巻き込まれても、そばにいたいと思っていた。

はじめ、事故にあったミルキーを抱えて真辺が走ったとき、僕は思わず彼女の後を追いかけていた。ずっとあのころのままだ。本質的には、僕は勝手に彼女を追いかけて、勝手にいろいろな気苦労を背負い込んでいた。

「じゃあどうして笑ったの？」

と彼女は言う。

「わからない」

と僕は答える。本当にわからないのだ。僕は笑ったのか？　彼女がいなくなると知った時に。そこにどんな感情があったのか、僕自身わからない。

真辺は眉間に皺を寄せて、無理やりに微笑《ほほえ》んだようだった。

「本当は、こんな話をするつもりじゃなかったの。普通に笑顔で、また会おうねっていうつもりだった。でも、なんだかそれは、君に対して不誠実なような気がした」

僕は、笑ってまた会おうと言って欲しかった。

たとえその約束が叶《かな》わなくて、やがて互いの中で互いが風化していくとしても、今は彼女についていて面倒なことをあれこれと考えたくはなかった。

ふと思う。

——僕は悲しみたくないのかもしれない。

真辺由宇との別れをリアルに考えて、心の底から悲しむようなことは、できるなら避けたい。強い感情が胸の中に生まれるのはあまり好きじゃない。

真辺はまだ眉間に皺を寄せていた。

「信じられないことだけど、自分でもよくわからないことだけど、なんだか泣きたい気分だよ。なのに泣けないの。どうしてだと思う？」

そんなの尋ねられても困る。わかるわけがなかった。

「きみと別れるのが悲しいわけじゃない。それはもちろん悲しいことだけど、そういうんじゃない。たぶん私は、思っていたよりもずっと、きみのことを理解していなかったんだと思う」

私にはきみがわからない、と真辺は言った。

今さらだ。

僕たちは初めから通じ合ってなんていなかった。僕が一方的に真辺由宇を追いかけていただけで、彼女が後ろを振り返ったことなんてなかった。その一回目が、今なのだろう。ようやく、目の前からいなくなってしまう直前で、彼女は初めてこちらをみたのだろう。

「なにか言ってよ」

と真辺は言う。

涙を堪《こら》えるような彼女の顔はみていたくなかった。泣く彼女も、みたくはなかった。泣くなとも泣けとも言えなくて、「ごめんね」と僕は囁《ささや》いた。でもそれが、一番そぐわない言葉だと知っていた。

真辺は思い切り首を振る。

まるでか細い月明かりみたいな、傷つきやすい女の子みたいな真辺由宇は、それでも真辺由宇で、湿り気を帯びた瞳《ひとみ》で僕をみていた。その瞳だけはいつも通りに、現実味がないくらいに、ただまっすぐだった。

「約束しよう、七草。私たちはまたここで会うの」

「会うって、いつ？」

「いつでもいい。来月でもいいし、一〇〇年後でもいい」

「そんなに生きていられるかな」

「本当にいつでもいいの。でも、私たちがまた会ったら、その時はきみが笑った理由を教えて」

たぶん僕はその時、頷けばよかったのだと思う。

あるいはその場で、適当な嘘《うそ》をでっち上げて、笑った理由を説明してもよかった。君と離れ離れになるのがあんまり悲しいから、つい強がったんだと言えばよかった。真辺由宇を上手に騙す自信ならあった。

でもなぜだか、僕にはそうすることができなかった。

「約束はできない」

と、気がつけば答えていた。

真辺はふいに微笑んで、なぜだかその表情は場違いに嬉《うれ》しげで、小さな声でささやいた。

「だめ。約束するの。私は約束だと思ってる」

「一方的な約束は約束じゃない」

「それでもだよ。私の方は約束だと思ってる。いつかきみの気が変わったら、いつでも本当の約束になるでしょ？」

そのセリフはあまりに真辺由宇らしくて、僕はまた笑ってしまう。

「勝手にすればいい。僕も勝手にする」

「うん。それじゃ」

さよなら、七草。と真辺は言った。

さよなら、真辺。と僕は答えた。

それが、互いに互いの名前を呼び合った最後だった。

真辺由宇が、僕に背を向けて歩き出す。僕はもうその後を追わない。月がぶ厚い雲に隠れて陰り、彼女のぶんだけ世界の温度が下がった気がした。


僕はまだ、僕が笑った理由を知らない。

そのことについて何度か真面目《まじめ》に考えてみたけれど、答えは出なかった。

あれから二年経《た》った。彼女の約束は、まだ約束として成立していない。

＊

結局、雨は上がらなかった。

僕たちはわずかに雨脚が弱まったタイミングで軒先を抜け出して、必死に走ったけれど、寮についた時にはもうびっしょりと濡れていた。

それでいくらか疲労が溜《た》まったのだろう。夜になると、すぐに眠ってしまった。

7

日曜日は午後四時になるころまでのんびりと過ごした。

まず朝には、堀からの分厚い手紙が届いた。雨はまだ降り続いていて、封筒が少し濡れていた。

僕がベッドに寝転がってその手紙を読んでいると、寮に電話がかかってきた。真辺からだった。

「堀さんから手紙が届いたの」

と真辺は言った。

「今日、会いたいって書いてた。七草と魔女のところに行く約束が先だったから、堀さんの方を断るのが筋だと思うけど」

堀を優先して欲しい、と僕は応えた。彼女から誰かを誘うことなんて未《いま》だかつてないことだし、ちょうど雨も降っている。雨の中、あの階段をのぼるのは、気が進まない。

僕は尋ねる。

「どこで会うの？」

真辺は電話の向こうで、しばらく沈黙してから、ぽつりと言った。

「教えたら、七草も来る？」

言葉に詰まる。真辺か、それとも堀の保護者にでもなったつもりなのだろうか？　馬《ば》鹿《か》げている。

「また連絡する。堀さんとの用件が早く終わったら、今日階段をのぼれるかもしれないから」

そう言って、真辺は電話を切った。

それから僕は自室に戻り、堀から届いた手紙を最後まで読んだ。長い文章の中には真辺の名前が一度も出てこなくて、そのことが少し気になった。

ぽっかりと予定の空いた日曜日は、時間の流れを遅く感じた。暇つぶしに大地や佐々岡と順番にオセロをして遊び、昼食にはハルさんが作ってくれたカレーを食べた。

皿をキッチンまで運んだとき、ハルさんが言った。

「大地の相手をしてくれて助かるよ」

なんだか、おかしな話だ。大地は僕が勝手にこの寮に連れてきたのだから。

「べつにハルさんだって、大地の面倒をみなければいけないわけじゃないでしょう?」

「もちろん。でもオレは、楽しんでるよ」

彼は蛇口をひねり、水を流す。

「七草は、キッチンの蛇口に手が届かなかったころのこと、覚えてる?」

僕は首を振る。そんなのもう忘れてしまった。

「オレもだよ。でも大地といると、少しだけそういうことを思い出せそうな気がするんだ」

なるほど、と頷く。でも僕は大地と一緒にいても、そういうことは考えなかった。ハルさんと大地の関係は、僕のそれとはまた違ったものなのだろう。

昼食のあとで、簡単に部屋の掃除をして、それから手紙を一通書いた。内容はもう決まっていたので、それほど手間取らなかった。

午後二時過ぎに、僕は傘をさして手紙を出しにいった。雨はずいぶん小降りになっていた。まばらな拍手のようにトタン屋根が鳴っていた。

帰り道にはその雨も上がって、僕は傘を閉じた。雲の切れ目からは嘘みたいな青空がのぞいていた。先ほどまでの悪天候の言い訳をしているみたいに澄んだ青だ。民家の庭からせり出した木の葉から、単調なリズムで水滴が落ちて、自転車のサドルを叩《たた》いていた。湿った路面は光を反射して、路地の薄暗がりを軒先に追いやった。僕はカエルが跳ねるような、短いくしゃみを一度だけする。昨日は雨に打たれ過ぎた。

傘の水滴を払って歩きながら、真辺と堀のことを考える。今ごろ、あのふたりは顔を合わせているだろうか。休日の女の子たちがどういう風に過ごしているのか、あまりよく知らない。この島にはショッピングに出かけられるような場所さえほとんどないから なおさら想像がつかない。でも、もし休日の女の子たちについて特別に詳しい知識を持っていたとしても、ここが階段島ではなかったとしても、あのふたりが顔を合わせた場面を想像するのは困難だろう。

真辺は可愛《かわい》いワンピースよりも奇妙なセンスのTシャツをみて喜ぶタイプだし、装飾品の類《たぐい》はまず身に着けない。デフォルメされたキャラクターグッズよりも機能的な文房具に歓声を上げる。化粧品は、あるいは僕の方がよくメーカーを知っているかもしれない。どうにか女の子らしい好みといえば甘いものくらいだ。中学生のころは何度も彼女と休日に出かけたけれど、とりあえずクレープかなにかを与えて、あとは公園でフリスビーでも投げていればそれで満足していたように思う。犬の散歩に近いなと常々感じていた。

堀の方はよくわからないけれど、少なくとも日がくれるまで泥だらけになりながらフリスビーに跳びついているタイプではないだろう。彼女たちが、なにかひとつでも接点をみつけられればいいけれど。そういえば堀はタマゴサンドが好きだと手紙に書いていた。タマゴサンドなら、真辺も好きだ。電話で教えてあげればよかった。

真辺は「また連絡する」と言った。なら、よほどのことがない限り、連絡があるだろう。そう思っていた。

でも彼女はもっと直接的だった。

真辺由宇が三月荘にやってきたのは、午後四時になるころだ。

＊

男子寮に女の子が訪れるのは珍しいようで、それで空気がざわついていた。

玄関に立った真辺の表情からは、いつものように感情を読み取れなかった。

「大地とふたりで話をしたいのだけど」

と彼女は言った。

ハルさんが許可を出して、食堂に「本日貸切」と張り紙が貼《は》られた。「いや晩飯どうなるんだよ」と佐々岡が言った。

張り紙の向こう側で、真辺と大地がどんな会話を交わしたのか、僕は知らない。ドアの前には、暇を持て余した数人の寮生がたむろしていた。その中のひとりが僕だった。それだけだ。

三〇分ほど経ったころ、ドアが開いた。それで、食堂の中の音が聞こえた。

まず聞えてきたのは泣き声だった。

大地が声を上げて泣いていた。

真辺はこの寮にやってきたときと同じ表情で、「お邪魔しました」と言った。寮生たちは誰も口を開かなかった。みんな、きっとどうしようもなくて、真辺の姿を目で追った。彼女はいくつもの視線を気に留めた様子もなく、まっすぐに玄関の方へと歩いていった。

ハルさんが大地に近づくのをみて、僕は真辺を追いかけた。

空はすでに暮れつつあった。

薄く茜色《あかねいろ》の混じった空に薄い雲がいくつか浮かんでいた。それはどの方向にも動いていないようにみえた。影を落とす木の枝も、電線も、かすかにも揺らいでいなかった。動きのない、光の少ない街並みは絵画のようだ。その中を真辺が、なにかに苛立《いらだ》っているような速い歩調で歩いていく。

真辺の寮はすぐ目の前だ。でも彼女は、路地を大通りの方向へと進む。わずかな下り坂で、前方に長い影が伸びる。

僕が駆け寄ると、真辺は足を止めた。振り返って、なんでもない風に言った。

「どうしたの？」

それはこちらの台詞だ。

「ずいぶん、君らしくないじゃないか」

彼女はわずかに眉《まゆ》を寄せる。とぼけた表情だ。知らない国の言葉を聞いて、戸惑っている風でもあった。

「どうして大地を泣かせたんだ？」

「私が泣かせたわけじゃないよ」

「じゃあ、どうして彼は泣いたんだ？」

「悲しかったからでしょう」

「なにが？」

「彼の境遇が」

「でも、大地に悲しい話をさせたのは君だろう？」

真辺はしばらくこちらをみて、それから頷いた。

「うん。確かにそういう意味では、私が大地を泣かせたのね」

彼女は本当に、いまさらそのことに思い当ったようだった。真辺由宇はしばしば僕を苛立たせる。彼女を構成する様々な要素の中に、僕にはまったく理解できないものが混ざっている。その異物感を気持ち悪く感じることがある。

「そういう意味ってなんだよ。ほかにどんな意味があるんだ」

「たしかに大地が涙を流したのは私のせいだよ。でも初めから、その悲しみは大地の中にあった。涙がなくても、彼はずっと泣いていたんだと思う」

だとしても、だ。

僕のまぶたの辺りが、小刻みに震えた。どういう風に神経が繋がっているのだろう、僕の苛立ちはまぶたに現れるようだった。

「だとしても君はどうして、泣いている子を放って、部屋を出たんだ？」

真辺由宇が子供を泣かせるのは、意外じゃない。

彼女には常識的な、人間的な、感情的なものの一部分が欠落しているから、しばしばそういった失敗を犯す。それでも目の前の子供が泣き出したら、それを放っておくようていた。

なことはしないはずだ。今、彼女が大地を抱きしめていないことに、きっと僕は苛立っていた。

真辺は僕が不機嫌なことには気づいたようだった。でもその原因は想像できないのだろう。まるで無垢《むく》な動作で首を傾げる。

「悲しいから泣くのは、当たり前のことだよ」

「君なら、泣いた子供は慰めるだろう？」

「もちろん」

真辺由宇はまっすぐに、僕の目をみる。

「だから私は、行かないといけない」

「行くって、どこに？」

「魔女のところに」

ふいに、彼女の中の論理を理解して、まぶたの痙攣《けいれん》が治まる。

真辺は言った。

「手を握っていればいいなら、私はそうするよ。ケーキを買ってくればいいなら、私はそうする。でも悲しいと泣くのは当たり前なんだから、無理やりに涙を止めても意味がないよ。目的がすり替わっている。一番根っこをどうにかしないと」

よかった、とまず感じた。

喉《のど》の辺りに詰まっていた息を吐き出す。真辺は大地を泣き止《や》ませるために部屋を出たのだ。そうわかったら、安心した。

「どこに行くの？」

「あの階段をのぼるよ。魔女に会わないと」

「もう暗くなる」

「懐中電灯、買ってくよ。コンビニにあるのみつけた」

僕は小さなため息をつく。

「その前に、三〇分だけ時間をくれないか？」

彼女を引き留めたいなら、こういう風に話すのが一番だと知っていた。

真辺はこくんと頷いて、それからまた僕の目をみる。

「どうして、笑ったの？」

「え？」

「さっき、笑ったでしょ」

そうだっただろうか？　自覚はなかった。

二年前と同じ顔だったよ、と彼女は言った。

僕たちは一度大通りに出て、それからまた細い路地に入って、寮からもっとも近い海岸に向かった。ゆっくり歩いても一〇分ほどの距離だ。そのあいだ、僕は頭の中で、真辺に話すことについてまとめた。

先ほどまでの雨で、島が濡れていた。あちこちにある水溜りが夕空を映していた。やがて僕たちは海沿いの通りに出た。真辺由宇に再会した、あの道だ。

黒く濡れた海壁の前に、僕たちは並んで立つ。見下ろすと波が不規則な動きで海壁にぶつかっている。

陽はもうずいぶん落ちていた。空の低い位置が、鮮やかな赤に染まっていた。赤は人工的な色だと僕は思う。青よりもずっと人が作ったものにみえる。夕暮れ空はなんだか古い時代に人類が作った遺跡みたいだった。

「堀に会ったの？」

「うん」

「彼女と話をした？」

「うん」

「どんな話？」

「だいたいはきみのこと。それから、大地のこと」

でもふたつとも同じ話だよ、と真辺は言った。

僕と大地の話がどう繋がるのか、想像もできない。

「彼女、なんて言ってた？」

「いろいろだよ」

僕は、いろいろ、と反復する。

堀がいろいろな話をするなんて、ちょっと信じられない。真辺は僕にできないことを簡単にやってのけるのだ。あの我慢強い大地を泣かせて、無口な堀にいろいろな話をさせる。

少し風が出てきたようだった。真辺の髪がそれに弄《もてあそ》ばれて、複雑な曲線を描いた。

「たとえば、ビー玉だよ」

平坦な口調で真辺が言う。

彼女の声は、耳元で鳴るささやかな風よりも静かに聞こえる。

「ビー玉を持っていて、空中で放すとするじゃない。それは地面に向かって落ちる。硬い音を立てて、軽くバウンドして、どこかに転がっていく。そういう話」

僕は笑う。

「まったくわからない」

「私は比喩《ひゆ》が苦手なんだよ」

「なら、たとえ話を使わずに話してくれればいい」

「堀さんが言ったのはね、七草は七草で、大地は大地なのに、私がいるとそうじゃなくなるっていうこと。それはとても危険なことだって言ってた」

やっぱり真辺の話は分かりづらい。彼女はどちらかといえば論理的な人間だと思っているけれど、論理的に説明するのは苦手だ。

ゆっくりと考えて、僕は尋ねる。

「それは、決定権の話？」

「決定権？」

「僕や大地が自分で決めるべきことを、真辺が決めてしまっている」

彼女は頷く。

「うん。ビー玉は勝手に落ちて、勝手に転がるけど、ビー玉に決定権はないんだよ。私が手を放した時にみんな決まってるの」

そんな話だったのか。さすがに読み解けない。

「堀が言いたいことはわかるよ」

きっとあの子は、そういうことにすごく敏感なのだ。つまりは人間関係が持つ強制力について。だからあんなにも言葉を怖《おそ》れている。堀は極端だけれど、でもあの弱さは、僕にとっては好ましい。僕は本来、真辺よりも堀のような人格に共感する。

真辺はどこか拗《す》ねた口調で言った。

「でも、人と会って考えが変わるなんて、当たり前のことじゃない。それが嫌なら山にでもこもって独りで生きていくしかないんだよ。みんながそんな風になるのは、正しいとは思えない」

僕は頷く。

「君の考え方もわかるよ」

それから彼女の横顔を眺める。

「でも君はちょっと極端なんだ。正しいことの正しさを信じ過ぎている。他の人はもっと、正しいことがそれほどは正しくないんじゃないかと疑っている」

彼女は顔をしかめる。

「よくわからない。七草の話は、たまにすごく難しい」

それは仕方のないことだ。僕たちは別々の人間だ。目線の高さが違えば、みえている景色も違う。僕の視界では当たり前のことが、真辺の視界では当たり前じゃない。

「ともかくそれで、真辺は大地に会いに来たわけだ」

「うん」

「大地とどんな話をしたの？」

「できるだけ、話さなかったよ」

「話さなかった」

「大地のことを教えて欲しいと言って、それから、あの子が話し始めるのをじっと待ってた」

「堀の言うことが正しいと思ったんだ」

「正しいかもしれない、とは思ったよ。だから大地の本心を知りたかった」

「それで？」

「大地は母親のことを話して、それから泣いた」

海の遠くを眺めると、そこは凪《な》いでいるように静かだった。陽が落ちて暗く染まりつつある海面は、水よりはもっと硬いものでできているようにみえた。どこか遠い国の辺境にある、うち捨てられた荒野が目の前にぽんと現れたようだった。

「大地は、お母さんが怖かったの？」

家に帰れなくてもいい、と大地は言った。家族を怖れているほかに、理由は想像できなかった。

なのに真辺は首を振る。

「違うよ。大地は母親が嫌いだと言った」

どう違うのかよくわからない。嫌いなのも、怖いのも、同じようなものじゃないか。言い回しが違うだけじゃないのか。

「大地が怖がっていたのは、あの子自身が母親を嫌うことだよ。母親に対して嫌いだという感情を持つことが、怖かったんだと思う」

複雑だ。

僕はどこかで、大地を単純化してとらえようとしていたようだと気づいた。きっと小学二年生というイメージに彼を当てはめていたのだろう。

小さな子供が母親を嫌う感情というものを、僕には上手く想像できない。それが膨らんでいくことの恐怖は、理性では納得できても、具体的な実感は伴わなかった。でも一方で、なぜ大地がこの島にやってきたのか、その理由を確信した。

「君はそれでも、大地がこの島から出ていくべきだと思っているの？」

彼がこれまでどんな体験をしてきたのか、僕にはわからない。でも、どうしようもなく母親を嫌わざるを得なかったなら、親元に帰すことが本当に正しいのだろうか。

真辺は頷く。

「最後には、やっぱり帰るべきだと思う。でも順序は考え直した方がいいかもね」

「順序？」

「まず私たちが島を出て、大地の両親に会った方がいいのかも。事情を訊いて、大地が安心して帰れるように環境を整える方が先かもしれない」

「そうして欲しいって、大地が言ったの？」

「言ってない。でも、泣いた」

「この島で泣きやむのを待てばいい」

「だめだよ」

感嘆符のように、大きな声で、真辺は言う。

「大地はずっと悲しかったんだと思う。たぶん独りきりで、本当はずっと泣いていた。誰かが問題を解決しないといけない。この島にいたまんまじゃ、前に進めない」

思わず、僕は言った。

「前ってどっちだよ」

心の底から真辺に反論するのは、いつ以来だろう？ あまりよく覚えていない。

「悲しいことがあるのなんて、当たり前だよ。思い通りにいかないのも、当たり前だ。大地は母親との関係で泣いていたんだとして、でも僕たちが手を握れば泣きやむなら、そうすればいい。ケーキを買ってくれれば泣きやむなら、それでいい」

「でも、それじゃ大地は幸せになれない」

「彼の幸せを、君が定義するんじゃない」

真辺由宇が夢想する世界は、きっといつだって楽園なんだろう。

でもそれはとてつもなく遠い場所にある。長く苦しい道のりを、誰もが歩き切れるとは限らない。途中で、楽園ではなかったとしても安らげる場所をみつけたなら、そこに立ち止まってどうしていけないんだ。

「大地はトランプさえ知らなかったんだよ。何度も一緒に遊んだ。楽しそうだった。ハルさんは、ずいぶん大地に優しくしているよ。通販でたくさん子供服を買って、よく似合っていた。たぶん注意深く選んだんだと思う。大地はハルさんの料理も気に入っているんだ。いつも残さずに食べる」

そういうのがぜんぶ、無意味だっていうのか。

幸せにはカウントできないっていうのか。

真辺はじっと前をみている。

「だけど、大地は泣いたよ」

「君が悲しいことを話させたからだ」

「違う。違わないけど、問題はそこじゃない。初めから、大地は悲しんでいた」

当たり前じゃないか。

僕は彼女の横顔をみつめる。なんだか胸が痛くなるくらい、どこまでもまっすぐな顔だ。無性に悲しくなる。

「ねぇ、真辺。人は幸せを求める権利を持っているのと同じように、不幸を受け入れる権利だって持っているんだよ」

いったいどこに、何もかもが思い通りになった人がいるんだ。子供のころに夢みたことを、すべて叶えた人がいるんだ。大切な相手みんなとずっと一緒にいられる生活があるんだ。嫌なことがひとつも起こらない場所があるんだ。悲しみも苦しみもない人生があるんだ。

ひっそりと不幸を受け入れることを、たったのひとつも許さないなら、そんなに悲劇的な生き方はない。当たり前じゃないか。どうして、真辺にはそれがわからないんだ。

「でも」

と、真辺由宇は言った。

「大地は泣いたんだよ」

僕はゆっくりと息を吐き出す。

わかっていたことだ。

真辺由宇はもう答えを決めてしまっているのだ。僕がなんと言ったところで、それを変えられるはずがないのだ。そんなこと知っていた。

僕たちは根本から矛盾している。

8

寮に戻ると、大地は眠っていた。きっと泣き疲れてしまったのだろう。

寮生たちからは、いくつか真辺に対する不満が上がっていた。いきなり寮にやってきて、小さな子供を泣かせて、事情の説明もなく帰っていったのだから仕方がない。彼女はいつもこうやって、少しずつ自分の立場を悪くしていく。

僕は夕食のあとで部屋に戻って、しばらく眠った。夢はみなかったように思う。目を覚ましたとき、時計の針は午前三時ごろを指していた。

部屋の明かりがついたままだったから、それを消した。窓からは月光が射《さ》し込んでいて、目が慣れるとなにもみえないほど暗いわけでもなかった。僕は耳を澄ませる。寮は静かだ。もうみんな眠ってしまったのだろう。

ベッドの脇《わき》にあった鞄《かばん》をつかんで、部屋を出た。なるたけ足音をたてないように注意して廊下を進み、靴を履いて、慎重にドアを開ける。

路地はまだ乾いていなかった。月光がそこに反射し、爬虫類《はちゅうるい》のうろこのように鈍く輝いていた。午前三時の階段島には、ほとんどなんの音もなかった。すべての家屋のすべての窓から明かりが消えていた。夜風が冷たくて、僕はそれに震えながら、大通りに出て足を止めた。

静かな階段島では、ほんの些細《ささい》な音もよく聞こえる。

寮から僕の後ろをついてくる物音があることには、もちろん気づいていた。僕が振り返ると、そこには大地がいた。

「どうしたの？」

と僕は尋ねる。

「七草が、出て行くのがみえたから」

と大地は答える。泣き疲れて眠ってしまったせいで、こんな時間に目を覚ましたのかもしれない。

彼にみつかったのは、意外なことだった。

「どこにいくの?」

と大地は言った。

「落書きをしにいくんだよ」

と僕は答える。

ちょうどいい。そろそろ、誰かにみつかりたいと思っていたところだ。

一緒にくる? と尋ねると、大地は頷いた。


階段へのこだわりは、とくになかった。

ちょうど通学の途中だし、この島においてもっとも象徴的だから、そこを選んだ。でも別の場所でもかまわない。そこそこ目立てばそれでいい。

今日は大地がいるから、それほど寮から離れるわけにはいかなかった。僕は海辺まで出て、海壁に向かった。街灯の下でパレットに白い絵の具を絞り、筆を手に取る。

濡れたコンクリートに水彩絵の具で綺麗《きれい》な線を描くのは、なかなか難しいことだったけれど、美しさへのこだわりは特にない。

「なにを描いているの?」

と大地が言った。

「星と拳銃《けんじゅう》だよ」

と僕は答える。三度目ともなると、だいたい効率的な描き方もわかってくる。白い絵の具でさらさらと輪郭を描いた。

「どうして、星と拳銃なの?」

「ピストルスターっていう星があってね。その星が大好きなんだ」

僕は絵筆で、夜空の一角を指す。

「射手座の方向に、ピストル星雲というのがある。形がピストルに似ているから、ピストル星雲だ。とてもわかりやすい。ピストルスターは、その星雲の中にある」

階段島からは綺麗な星空がみえる。地表が暗ければ暗いほど、星々は明るく輝く。幼いころ、あの海辺でみたように、単純な黒ではない群青色の夜空。でも射手座はみつからない。

「ピストルスター」

と大地が言った。

「うん」

「七草は、どうしてその星が好きなの？」

「とてもすごい星なんだ」

僕は星と拳銃の輪郭を描き終えて、今度はパレットに黄色を絞る。それで星の部分を塗っていく。

「質量は太陽の一〇〇倍以上もある。半径は三〇〇倍くらい。明るさはもっとすごい。太陽の五〇〇万倍も、六〇〇〇万倍も明るい」

大地は首を傾げる。

「そんな星、みたことないよ」

「うん。簡単にはみつけられないんだ」

僕はこれまで、何度も夜空を見上げてきたけれど、ピストルスターを捜し出すことは困難だった。真夜中の階段島みたいに明かりの少ない場所でなければ、それはなかなかみつからない。

「ピストルスターは、一九九七年に発見された。その時点で、人類がみつけた星の中で、もっとも明るい星だった。ピストルスターに比べれば、太陽なんてありきたりな恒星だ」

「恒星？」

「自分で光を放っている星。その中でもピストルスターは別格だ。なんといっても全銀河で一番だったからね。でも、とても離れた場所にあるから、そのすごさが地球からだとわからない。地球からみると四等星で、目にみえないほどじゃないけれど、あんまり目立たない」

大地は口を開けて、夜空を見上げていた。この暗い空の中に、太陽よりも明るい星があるなんて、簡単には信じられないのだろう。僕だってそうだ。

「遠く離れていても、信じられないくらいに明るい星が、僕たちの頭の上にはあるんだよ。それがなんだか嬉しいんだ」

だから僕はピストルスターを描く。その星の正確な形は知らないから、星と拳銃を組み合わせて描く。ふと、中田さんから聞いた、かつてこの島にいた少年の話を思い出した。ずっと前に僕の落書きと同じ絵を描いた少年。それはただの偶然なのかもしれないし、なにか目にはみえない繋がりのようなものがあるのかもしれない。この世界の構造のすべてを、僕に理解できるはずもない。

確かなのは、目の前のピストルスターだけだ。

僕にとってのピストルスター。暗い宇宙で、なによりも明るく輝く星。なのに人々にはその光がほとんど届かない星。

それは少しだけ悲しい。でもピストルスターはきっと、そんなこと気にも留めない。その星の美しさと気高さを、きっと誰も知らない。ピストルスター自身さえも。誇りもせず、鼻にもかけず、ただ輝いている。なによりも強く。

「僕も手伝っていい？」

と大地が言った。

「だめだよ。落書きはいけないことだから」

「じゃあ、どうして七草は落書きするの？」

「いけないことより、大切なことがあるから」

僕はピストルスターを護《まも》りたいのだ。たとえ僕にまで光が届かなかったとしても、それが輝いているだけでいい。

「朝になったら、ハルさんに伝えてくれるかな？　七草が夜中に抜け出して落書きしていました、って。そうしてくれると、僕はとても助かる」

いつまでも、一〇〇万回生きた猫に庇《かば》われているわけにはいかない。それになんだか疲れた。いろんなことを、もう終わらせたい。

――僕はそろそろ、真辺由宇にさよならを言おう。

とても静かに、とても密《ひそ》やかに。できるなら彼女にも聞こえないような声で。

手を振る姿はみられたくない。そのときに彼女がどんな顔をしたとしても、きっと僕は傷つくから。悲しいことはできるなら避けたい。

僕は拳銃の部分を黒く塗り、それから、イラストの隣に書き足す。

――「失くしもの」はすぐ近くにある。失くしものとはなんだ？

ピストルスターよりもずっと明るい月が、月光よりもさらに明るい街灯の光が、その文字を照らしていた。

三話、手を振る姿はみられたくない

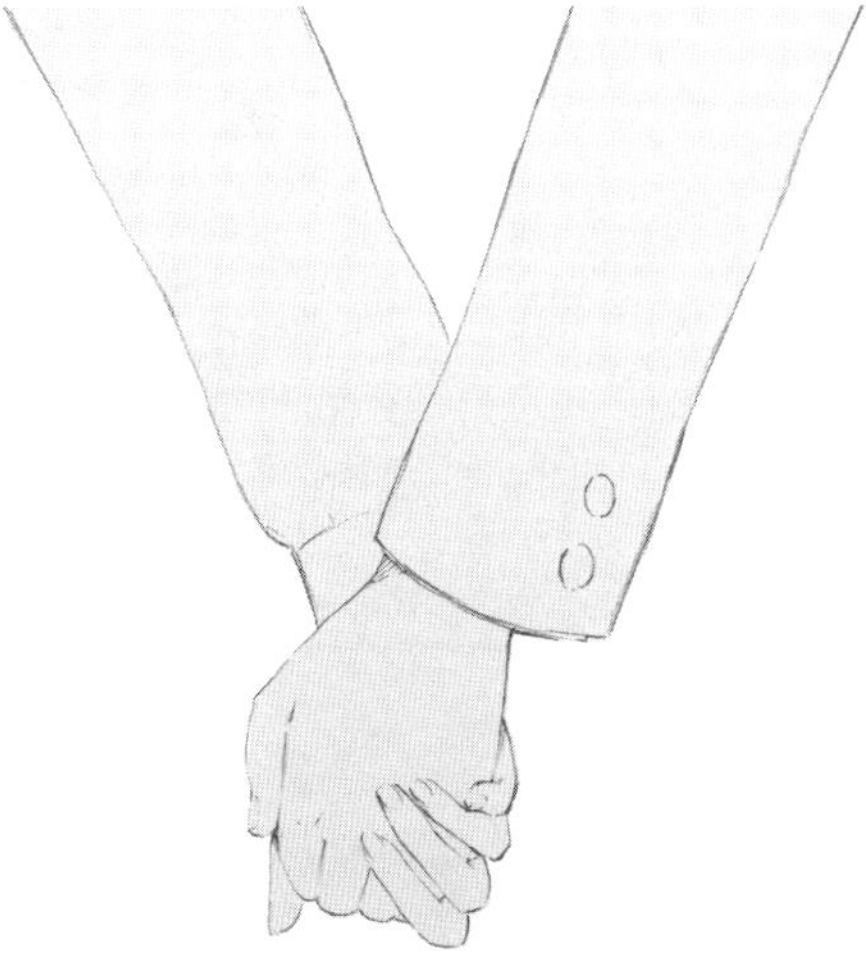

1

月曜日の朝の出来事で、僕にとって重要な意味をもっていたのはふたつだ。

ひとつ目は、堀が教室にいなかったこと。

風邪をひいてしまったのかもしれないし、ただなんとなく登校するのが嫌になったのかもしれない。でも彼女の欠席には、真辺が関わっているような気がした。

昨日、堀は真辺とふたりきりで会っている。真辺によれば、あの無口な堀が、いろいろな話をしたらしい。真辺はしばしば無自覚的に人を傷つける。正しいことは正しいと過信している。そのせいで堀が傷ついたのだとすれば、好ましいことではない。

ふたつ目は、真辺が教室にいたことだ。

彼女は昨夜、階段をのぼったはずだ。魔女に会って、この島を出て、大地の家族をみつけて――そういった真辺の計画は、おそらく一歩目から失敗したのだろう。

この島から真辺由宇が跡形もなく消え去っていたなら、それでよかった。最良の結末だった。僕は窓際《まどぎわ》の観葉植物みたいにもの静かで平穏な生活を取り戻し、光合成をしながら水やりの時間を待っていられた。でもそうはならなかった。だから僕はもうしばらく、苦労を背負い込んでいなければならない。

堀が教室にいなかったこと、真辺が教室にいたこと。このふたつの他はみんな、どうだっていいことだ。懐《なつ》かしい夢をみたことも、少しだけ風邪ぎみで頭がぼんやりしていることも、落書き犯の正体が判明したことも。

みんな、とくに重要じゃない。

＊

「どうして自白したんだい？」

と一〇〇万回生きた猫は言った。

「自白じゃない。みつかっちゃったんだよ」

僕は屋上のフェンスに背を預けて、ツナサンドの包装をひらく。昼食用に学食で買ってきた、あまり見栄《みば》えのよくないツナサンドだ。

一〇〇万回生きた猫はトマトジュースのストローに口をつけながら、ちらりとこちらをみる。

「はじめからみつかるつもりだったんだろ」

「どうして？」

「ひとつ目から見え透いていたよ。真っ先に疑われるタイミングを、君はわざわざ選んでいた」

「たまたまだよ。なんにも考えてなかっただけだ」

「あの落書きには、どんな意味があったんだい？」

「意味なんてない。真夜中に思い切りクッションを殴るのと一緒だ。たまに八つ当たりしたくなるんだよ」

一〇〇万回生きた猫は鼻で笑う。

「もう少し、誠実に答えてくれてもいいだろう？　オレは危うく犯人にされかけたんだぜ？」

そのことは、申し訳ないと思っている。

「これでも、できるだけ誠実に話しているつもりなんだけどね」

「君は教師にも、動機だけは黙秘しているんだろう？」

「ずっと屋上にいる君が、どうしてそんなことを知っているんだよ」

「猫はいろいろなところに忍び込むのが得意なんだ」

「誰から聞いたの？」

きっと一〇〇万回生きた猫は、適当な言葉で誤魔化すだろうと思っていた。けれど彼は素直に答えてくれた。

「真辺由宇」

「彼女が、ここに来たのか」

「二時間目の終わりの休み時間にね」

「どうして？」

「知らないよ。どうやらオレたちは、親友だってことになっているらしいぜ」

「初耳だな。どんな話をしたの？」

「君が落書きをした理由について訊《き》かれた。知っているわけがないと答えた。それだけだよ」

「そう」

僕はようやく、ツナサンドにかみつく。一〇〇万回生きた猫はスノーボールクッキーを口に放り込んでいた。トマトジュースとの取り合わせはあまりよくなさそうだったけれど、好みなんて人それぞれだ。

「で、どうして君は落書きをしたんだい？」

「意外にしつこいね」

「ミステリを読んでいて、オレがまず気にするのは動機だよ。ホワイダニットがいちばんしっくりくるんだ。動機さえ納得のいくものなら、犯人も密室トリックもおざなりでいい」

「動機ね」

僕はため息をつく。

具体的には説明できないことだってある。雲の形とか、初恋の理由とか、微炭酸の飲み心地みたいに。でも一〇〇万回生きた猫に迷惑をかけたのは確かだから、僕はできるだけ素直に答える。

「大げさに言ってしまえば、ピストルスターを護《まも》りたかったんだよ」

「ピストルスター」

「うん」

「地球からとても離れた場所にある、本当はものすごく巨大な星」

「そうだよ。太陽よりも、もっともっと大きな星だ」

「いったいピストルスターに、どんな危機があるっていうんだ？」

「ピストルスターは空の遠くに浮かんでなきゃいけないいんだ。階段の下のゴミ箱に放り込まれてちゃいけない」

「君があの落書きをすれば、ピストルスターは護られるのかな？」

「どうかな。わからない」

　本当に、わからない。

　それでも何もしないわけにはいかなかったのだ。大いなる悲観主義者は大いなる楽観主義者に通じる。なにをやっても無意味なら、僕にとって、もっとも価値のある結末を目指そうと決めていた。真辺由宇と再会したあの朝から、ずっと。

　一〇〇万回生きた猫が、顔をこちらに向ける。本物の猫みたいに、揺らぎのない瞳《ひとみ》で僕を観察している。

「君の目的みたいなものが、なんとなくわかったよ」

　僕は、彼の推理を聞きたいわけではなかった。それが当たっていても、外れていてもどちらでもいい。

「君には、きちんと謝らないといけないね。勝手に巻き込んでしまったから」

　ごめんなさい、と僕は言った。

　今回の件に関しては、いろいろな人に謝らなければならない。トクメ先生はほとんど僕を叱《しか》らなかった。ただ我慢強く、なぜあんなことをしたのか尋ね続けた。代わりに僕を叱ったのは委員長だ。佐々岡は「オレも誘えよ」と笑っていた。

　一〇〇万回生きた猫を含めた四人には、できるだけ丁寧に謝りたかった。でも丁寧に謝るのは、思いのほか難しいことだった。言葉に感情を込める方法が、僕にはよくわからないのだ。

「たかが落書きだよ」

と一〇〇万回生きた猫は言った。

「誰だって、オレだって、多少なりともわがままを言って、世の中に迷惑をかけて生きているものさ。今回は君のわがままが少しわかりやすかっただけだ」

「そんなものかな」

「間違いないよ。猫はわがままの専門家だからね」

だとしても、やっぱり落書きはいけないことだ。どうしようもない、人間が生きるだけで周囲にかける迷惑とは種類が違う。

それに僕が謝らなければならないことは、別にある。

「君に迷惑をかけたことは、すまなかったと思っているよ。本当に。でもね、僕はほんの少しも後悔していないんだ」

もしもこの数日間をもう一度やり直せるとして、それでも僕は、同じように落書きする。一〇〇万回生きた猫が犯人として疑われることを知っていたとしても、なにひとつ行動を変えない。

「そろそろ行くよ」

僕は彼の隣から立ち上がる。

「君がこのまま、後悔なく過ごせることを祈っているよ」

と一〇〇万回生きた猫は言った。

「ありがとう」

と僕は答えた。

一〇〇万回生きた猫は善人だし、僕は彼を気に入っている。それでも、彼にどれほど迷惑をかけたとしても、護りたいものがある。

ずっと昔から、たったひとつだけ、僕には諦《あきら》められないものがある。

＊

放課後には真辺に呼び止められた。

「教えて欲しいことがあるの」

と彼女は言った。今日はまだ、真辺とはまともに会話を交わしていない。

僕は首を振る。

「悪いけど、急いでいるんだよ」

「どこに行くの？」

「堀のお見舞い」

「私もついて行っていい？」

「いや。ひとりがいい」

真辺を連れていくと、問題がややこしくなりそうだ。それに今はあまり、彼女とは一緒にいたくない。

真辺はさらになにかを言おうとしたようだった。でも珍しく彼女は言い淀《よど》んだ。上手《うま》く言葉をみつけられないでいる様子だった。

そのまま歩み去ればよかったのかもしれないけれど、僕は言った。

「堀は話すのが苦手なんだよ」

「うん。そうみたいだね」

「たぶん、君にも僕にも想像もできないくらいに苦手なんだ」

ホッキョクグマにはホッキョクグマの苦しみがあり、深海魚には深海魚の苦しみがある。堀の苦しみは堀だけのものだ。周りから口出しすることはできない。

「彼女になにか、伝えておきたいことはある？」

真辺はしばらくのあいだ、無言で考え込んで、それから口を開いた。

「雑学をたくさん覚えると、日常会話がしやすくなるって聞いたことがあるよ」

彼女はいつも正しい。でも問題の本質を、常に理解しているとは限らない。

今度こそ真辺に背を向けて、僕は速足で教室を出た。

＊

堀に出会ったのは、およそ三か月前のことだ。

それは僕が階段島に訪れた日だった。――訪れたというよりは、ぽんとこの島に放り込まれたという印象だけれど。

記憶している最初の景色は海だ。見覚えのない狭い砂浜だった。八月の青空でむき出しになった太陽が、白い砂を焼いていた。

もちろん僕には、なぜ目の前に海があるのか理解できなかった。ついさっきまで近所の公園を歩いていたはずなのだ。でも辺りを見回しても、大空を見上げても、そこは間違いなく砂浜だった。風は潮で湿って特徴的な匂《にお》いを鼻元まで運んできたし、波は繰り返し重たくリアルな音をたてていた。

僕はしばらく、茫然《ぼうぜん》と水平線を眺めていた。あるいはなにもみていなかったのかもしれない。ただ混乱していた。不安はあったけれど、その不安さえ漠然としていて、叫ぼうとも泣こうとも思えなかった。

やがて、ようやく僕は現在位置を把握しようと思い至った。スマートフォンを取り出すために、ポケットに手を突っ込む。でもそこにはなにも入っていなかった。反対側のポケットからは、薄っぺらな財布がひとつみつかったきりだ。夏の軽装では、それ以上さぐるポケットもなかった。

とはいえ財布が手元にあるとわかり、僕は多少なりとも安心した。ともかく家に帰ろう、ここがどこだかはわからないけれど駅までたどり着ければどうにかなるはずだ、と考えて、振り返る。

砂浜に足跡はなかった。海岸はごつごつとした岩肌の崖《がけ》に囲まれていた。片隅にコンクリートの階段があり、その階段の前に女の子が立っていた。僕と同じくらいの年ごろだ。背が高く、目つきの悪い女の子だった。

僕はその女の子に近づく。熱を持った砂が、靴の底で不安定に崩れる。

「すみません。道に迷ってしまったようで」

彼女はなんだか不機嫌そうにみえた。一方で悲しんでいるようでもあった。左目の下に泣きぼくろがあるからだろうか。

どちらにせよあまり好意的な様子ではなかったから、僕はできるだけ丁寧に微笑《ほほえ》んで尋ねた。

「ここは、どこですか？」

彼女はなにも答えなかった。立ち去ってくれれば諦めもついたのに、じっとこちらを睨《にら》んでいた。さて、どうしたものだろう。

「ここがどこなのか、本当にわからないんです。まったく。途方に暮れています。この近くに駅はありますか？　バス停でもかまいません」

　女の子はゆっくりと口を開く。

「貴方《あなた》の名前は、なんですか？」

　それは奇妙に甲高い、不安定な声だった。

　どうして道を尋ねて、名前を尋ね返されるのだろう。会話の繋《つな》がりがよくわからなかったけれど、仕方なく答える。

「七草といいます」

　女の子はまた黙り込んでいる。

　思いつくままに僕は続けた。

「七草粥《がゆ》の七草です。変わった苗字《みようじ》だと思うけれど、読みづらいわけでもないのでそれほど不満はありません。それに苗字のおかげで、七草を小学生のころから暗記していました。知っていますか？　春の七草のほかにも、夏の七草や秋の七草もあるんですよ。でも冬の七草は、僕の知る限りでは存在しません。なんだか冬が可哀想《かわいそう》ですね」

　それから、セリナズナ、ゴギョウハコベラホトケノザ、スズナスズシロ、と言ってみた。なんだか呪文《じゆもん》を唱えているみたいだ。

　続いて夏の七草を暗唱しようとしたとき、眉《まゆ》をひそめて、女の子が口を開く。

「ごめんなさい。言葉が、苦手で」

なるほど。

言葉が苦手だから、あまり喋《しゃべ》れない。とてもわかりやすい。

「わかりました。苦手なことをお願いしてしまって申し訳ないんだけど、ゆっくりでいいから、ここがどこなのか教えていただけませんか？」

僕はじっと、彼女が口を開くのを待つ。

無言で見つめ合っているのはなんだか気まずくて、途中で「もしどうしても話したくなければ、首を振ってくれれば僕はどこかに行きます」とつけ加える。

彼女は首を振らなかった。

木の葉が舞い落ちるような速度で、ゆっくりと彼女は言った。

「ここは、捨てられた人たちの島です。この島を出るには、七草くんが、失《な》くしたものを、みつけなければいけません」

なんだか童話の一節みたいだ。真夜中にはオモチャの兵隊たちが動きだし、森の奥では悪い魔法使いがカラスたちと暮らしていて、僕は捨てられた人たちの島に迷い込む。そして島から抜け出すためには失くしたものをみつけなければならない。きっとチルチルとミチルが青い鳥を捜したように。

あまりに現実味がない話だったから、僕はこの少女はとても想像力が豊かなのだろうと結論づけた。真面目《まじめ》な顔で幽霊や宇宙人の話をするクラスメイトを相手にするときによくやる方法だ。

笑顔を作って、僕は答える。

「なるほど、ありがとうございます」

彼女は首を振った。

「本当、なんです」

少なくとも、喋るのが苦手だというのは、まぎれもない真実のようだった。彼女の表情には悲愴感《ひそうかん》が溢《あふ》れていて、瞳は涙でうるんでいた。

もちろんそんなことは、この子の話を信じる理由にはならない。でも。

――いいじゃないか、別に。騙《だま》されても。

僕は、あまり人を信用する方ではないと思う。かわりに諦めるのは得意だ。はじめから騙されるつもりでいれば、すべてを信じている風に振る舞うことだってできる。

「わかりました。ここは捨てられた人たちの島で、僕は失くしたものをみつけなければ家には帰れないんですね」

口に出してみて、驚いた。

その言葉はあまりに自然だった。リンゴは木から落ちます。冬になれば気温が下がります。そういう、当たり前のひとつみたいだった。

だけど女の子は首を振る。

「貴方じゃ、なくて。七草くんです」

また。わけがわからない。

「僕が七草ですよ」

女の子は頷《うなず》く。

「名前じゃないと、いけないんですか？」

もう一度、女の子が頷く。

「どうして？」

彼女は首を傾《かし》げた。

「わかりません。でも、ルールで決まっています」

ルールってなんだ。やっぱりわけがわからない。

「それ、誰が決めたんですか？」

彼女はなにも答えない。

僕はもう一度微笑む。

「ともかく、教えてくれてありがとう。正直、どうしたらいいのかまったくわからないけれど、しばらく歩き回ってみます」

彼女は首を振る。

それは意外な反応だった。なにを否定したのかわからなかった。本当に否定の動作だったのかさえ、僕にはわからなかった。

彼女は言った。

「私も、ここに来たばかりだから。詳しい人まで、案内します」

それから彼女はうつむいて、「もしよければ」とつけ加えた。


これが、僕と堀の出会いだ。

僕は堀に連れられて、学校に向かい、トクメ先生に会った。夏休みだというのに、先生はちゃんと職員室にいた。

学校に向かうまでは、ほとんど会話もなかったと思う。目に入ったものについて、僕がぽつぽつと感想を言っていただけだ。

普段の堀がどれほど寡黙《かもく》なのか、あの海岸での彼女がいかに無理をして僕に話をしてくれたのか、理解するのにはそれほど時間がかからなかった。

尋ねてみたことがある。

「どうしてあのとき、僕の相手をしてくれたの？」

彼女は困った風に笑うだけで、何も答えなかった。週末に届く手紙にも、そのことには触れられていなかった。

答えはわざわざ口にすることもないくらいに単純で、きっと、彼女が善人だということだろう。僕は信じるのが苦手だけれど、それでも堀の善性を信じている。騙されているとしてもそれでいい。

真辺由宇と堀の善性はまったく性質が違うように思う。

そして僕は、どちらかといえば、堀の善性の方に共感する。

昨日、彼女たちのあいだでどんな会話が交わされたのかは知らない。でもあの二人が反発し合うのは自然なことだし、それでも堀は真辺と話をすることを選んだのだ。あの海岸で僕に話しかけてくれたのと同じように、それが彼女にとってどれだけ苦しいことだったとしても。

だからもし彼女が傷ついているのだとすれば、できるなら、そのままにはしておきたくなかった。

2

ようやく堀が暮らす寮に向かったのは、教室を出てから一時間も経《た》ったころだった。

その一時間で僕は図書室に行き、手紙を書いた。喋るのが苦手な堀に伝えたいことがあるのなら、言葉よりも手紙の方が良いと思ったのだ。それに女子寮には男子生徒の立ち入りが禁止されている。

でも手紙を書くのには、ずいぶん苦労した。言葉にする必要もないような言葉なら、簡単に並べられるのだ。——体調はどうですか？　最近はずいぶん寒くなってきたから、朝夕にはとくに気をつけてください。お大事に。

でもその先、真辺のことに触れようとしたとたん、頭の中から言葉が消え去ってしまった。あらゆる単語が最適ではないような気がして、僕は辞書を取ってきて、それを何度もめくった。

どうにか書き上げた手紙を鞄《かばん》にしまって学校を出たころにはもう、日が暮れかかっていた。長くなった影を踏み越えて、僕は本屋に向かい、文庫本を一冊買った。映画を愛する平凡な男性の日常を描いた小説だ。

一年ほど前に、僕はこの小説を読んだ。とくに劇的な事件が起こるわけでも、はらはらする恋愛があるわけでもない小説だ。正直なところ、ほとんどストーリーも忘れてしまった。でも初めから終わりまで、ずっと心地のよい小説だったと記憶している。お見舞いに持っていくなら、サスペンスよりもミステリよりも、ただ心地よい物語が合っているように思った。

それをプレゼント用の、綺麗《きれい》な深緑色の紙袋に入れてもらって、ようやく堀が暮らす学生寮に向かった。彼女の寮を訪ねるのは初めてのことだ。僕はおおよその場所と、寮の名前しか知らなかったけれど、どうにか辿《たど》り着くことができた。

レンガでできた、童話にでも登場しそうなこぢんまりとした建物だ。褪《あ》せて落ち着いた色合いになった金色のプレートに、『コモリコーポ』と書かれていた。

ドアの隣についていたベルを押す。間延びした高い音が聞こえる。やがてドアが開いて、三〇代の半ばくらいの女性が顔を出した。平均よりはいくぶん口が大きいけれど、綺麗な顔立ちの女性だった。

「堀の友人です。彼女のお見舞いにきました」

と僕は告げる。

その女性は笑って、「そう。どうぞ」とドアを開いた。あっさり通されるとは思っていなかったから、少し驚く。

「男子は立ち入り禁止だと聞いていました」

「何事にも例外はあるの。水漏れ修理の業者とか、サンタクロースとか、学校をサボった女の子を訪ねてきた男の子とかね」

ハルさんみたいなことを言う人だ。寮の管理人というのは、こういう人に向いた職業なのだろうか。

いえ手紙と本だけを渡して帰ります、というわけにもいかなくて、僕はコモリコーポに入る。

「堀、体調が悪いわけじゃないんですか？」

「ええ」

「どうして学校を休んだのか、聞いていますか？」

「あの子がそんな話をすると思う？」

「どうやって学校に欠席の連絡を入れたのかも不思議でしたよ」

玄関で靴を脱いで廊下にあがると、甘い香りがした。お菓子ともフルーツとも違う香りだ。それでなんだか、ここが女子寮なのだと再確認させられた。

「あの子の部屋は二〇一号室だよ。二階の、いちばん手前」

「ありがとうございます」

僕は管理人さんに頭を下げて、階段をのぼる。幅の狭い、急な階段だ。どこかから女の子の話し声が聞こえる。壁越しに聞こえるそれはささやかで、なんと言っているのかはわからない。たまに混じる笑い声だけが鮮明だ。

僕は二〇一とプレートの出たドアの前に立ち、ドアをノックした。

返事はない。味気ない木製のドアを眺めていると、無言のままドアノブが回った。隙間《すきま》から顔をのぞかせた堀は、小さな悲鳴を上げる。「は」と「へ」を混ぜ合わせたような、奇妙な悲鳴だった。飾り気のないジャージを着ている彼女は、学校でみるよりもいくぶん幼く感じた。

僕は彼女に微笑む。

「急にごめんね。これ、お見舞い」

僕は本屋の紙袋を差し出す。彼女はそれを受け取って、困った様子で眉を寄せる。手ぶらの方が、気楽でよかったかもしれない。

「君と話をしたいんだけど、いいかな?」

堀はゆっくりとした動作で、少しだけドアの幅を広げてくれる。僕はその隙間を通って、彼女の部屋に入る。いくつかのぬいぐるみがあり、壁には二枚の完成したジグソーパズルが飾られている。窓辺には親指くらいの小さなサボテンがあり、ベッドの毛布が少し乱れている。他には特徴らしい特徴もない、六畳ほどの部屋だ。

堀は学習机の前にある椅子《いす》を指さした。きっとそこに座れということなのだろう。僕は椅子に腰を下ろす。

彼女はドアの前に立ったまま、じっとこちらをみつめていた。なにか不思議がっているような表情だ。水族館で泳ぐキリンをみつけたみたいに。

僕は尋ねる。

「体調はどう?」

彼女はなにも答えない。

「どうして、今日は学校を休んだの?」

やっぱり彼女は、なにも答えない。

あまり質問ばかりしても、堀も困ってしまうだろう。僕は別の言葉を探した。でもそれはなかなかみつからなかった。つい先ほど、図書室で話をまとめたはずなのに。どう切り出そうか迷っていると、そのうちに、堀はこちらに背を向ける。なにも言わないまま、彼女は部屋から出て行ってしまう。

僕には堀を呼び止められなかった。無口な彼女の行動には、いつだって不意を突かれる。ドアが閉まるときに小さな音が鳴って、それが耳に残った。

――まいったな。

会話が苦手な堀にしてみれば、急な来客はけっして好ましいものではないだろう。やっぱり手紙だけ渡せばよかったかもしれない。でも彼女は、少なくとも僕を部屋に入れてくれたし、椅子も勧めてくれた。このまま帰ってしまおうという気にもなれない。

そんな風に悩んでいると、またドアが開いた。

堀はティーカップをふたつ持っていた。一方を学習机の上に置き、とても小さな声で、「どうぞ」と言った。

素直に笑って、僕は「ありがとう」と応《こた》える。頷いて彼女はベッドに腰を下ろす。

ティーカップに口をつけると、紅茶の仄《ほの》かな甘みが広がった。堀は僕の動作ひとつひとつを観察するように、じっとこちらをみている。僕はティーカップを学習机に戻し、「美味《おい》しいよ」とまた笑う。できるだけ丁寧に。

彼女も少しだけ笑ったのをみて、安心する。

それからようやく本題に入った。

「まったくの的外れだったらごめん。君が学校を休んだのは、真辺が原因かな？」

いつものように、彼女は肯定も否定もしない。

返事のない会話は暗闇《くらやみ》の中で捜しものをするのに似ている。同じたとえ話を、真辺から聞いたことを思い出す。でも僕は、暗闇には慣れている。ピストルスターはいつだって、ほとんど僕を照らしてくれない。

「きっと真辺がなにかひどいことを言ったんだと思う。本当は彼女を連れてきて、謝らせるべきなのかもしれない。でもそれはなかなか難しいことなんだ。真辺が人を傷つけるとき、彼女はいつだって無自覚的だからね」

これまで何度もあったことだ。

真辺由宇は誰に対しても優しくない。言動に気遣いがない。――あるいは本人は、気を遣っているつもりなのかもしれない。でもそれは的を外れている。ある点において彼女は強すぎるから、弱い人の心情を上手く想像できない。

「君が真辺に対して、許せないほど怒っていたり、顔も合わせたくないほど嫌っているなら、そう教えて欲しい。僕になにができるわけでもないけれど、人に伝えるだけで気が晴れるかもしれない。それに僕は彼女の悪口ならいくらでも言えるんだ。きっと君に共感できる部分も多いと思う」

本当に。真辺の悪口ならいくらでも言える。なんなら毎週、真辺由宇の悪口を発表し合う会を主催してもいい。そんなことで少しでも憂《う》さ晴らしになるのなら、真辺自身が人間関係でもめるよりもずっといい。

でも堀は首を振った。

彼女がなにを否定したのかは、よくわからなかった。

僕は続ける。

「真辺がこの島にやってきて、今日で五日目だ。僕はこの五日間、ずっと真辺をここから追い出そうとしていたんだよ」

それだけが、僕の望みだ。真辺さえこの島からいなくなれば、それでいい。あとは知ったことじゃない。

「なかなか難しいけれど、なんとかしたいと思っている。上手くいけばもうすぐ、君は平穏を取り戻せるかもしれない。なんにせよ彼女がこの島からいなくなれば、いろいろな問題が解決する」

堀はまた首を振る。

いったい、どういうことだろう？

「君が学校を休んだのは、真辺のせいじゃないの？」

今度は、頷いた。

それから堀は、苦しげな、掠《かす》れた声で言った。

「私は、七草くんに会いたくなかったんだよ」

「僕に？」

少し、混乱した。

僕は知らないあいだに堀を傷つけていたのだろうか。考えてみても、なにも思い当らない。まったく、これでは真辺のことを非難できない。

「もしよければ、理由を教えてもらえるかな？」

堀は小さく頷いた。

でも彼女はなかなか喋り出そうとはしなかった。僕は彼女のティーカップがたてる湯気を、あてもなく眺めていた。湯気は溶けるように、夕陽の赤が混じった空気に消えていく。

ようやく、堀が口を開いた。

「真辺さんに、七草くんの話をしたから。本当は知らないのに、勝手に。よくなかったと思う」

堀の言葉は難しい。上手く主題をつかめない。音符の意味を知らないまま楽譜を眺めているような気分になる。メロディは想像もできないけれど、きっとそこにはなんらかの秩序がある。

「僕の話？」

「七草くんの、感情のことだよ」

「本当はよく知らないまま、僕の感情の話をした」

「はい」

「僕の感情っていうのは？」

「真辺さんが迷惑をかけているとか、そういう」

「つまり君は、僕の感情を想像して、代弁してくれたわけだ」

「はい」

「そして今は、そのことを後悔している」

堀はこくんと頷く。

「早く謝ろうと思ったんだけど、気まずくて」

ごめんなさい、と堀は頭を下げる。

「そんなに気にすることかな？」

真剣な表情で、彼女はじっとこちらをみつめている。

「人の気持ちを勝手に決めつけて話すのは、よくないことだと思う。とても。私が言うべきじゃなかった」

僕は思わず笑ってしまう。
意外に、堀は真辺に似ている。二人ともきっと、自分の中に強固なルールを持ってい
て、それを踏み外すことを極端に嫌う。そのルールがまったく違っているだけで、姿勢
は共通している。
気にしなくていいよ、と伝えようと思ったけれど、それも違うような気がした。堀が
なにに罪悪感を覚えるのかなんて、彼女自身が決めればいいことだ。
「僕は気にしていないよ。真辺が迷惑をかけていないなら、それでいい」
真辺はとても鈍感で、誰かをこっぴどく傷つけたとしても、そんなこと想像さえしな
いだろう。でも一方で、もしもそのことを知ってしまったなら、深く落ち込む姿を簡単
に想像できる。僕はできるなら、真辺の落ち込んだ姿はみたくない。
堀はわずかに首を傾げる。
「七草くんは」
「うん？」
「真辺さんのために、私に会いにきたの？」
「そういうわけじゃない」
まったく違う。僕はこれまで、真辺のためになにかしようなんて考えたことは、たっ
たの一度だってない。

「砂金を集めて精製するのも、岩を割ってダイヤモンドをみつけるのも、みんな自分のためだろう？　金やダイヤモンドのことを思っているわけじゃない。同じことだよ」

僕は純粋に、僕自身の欲望のために、真辺由宇と関わっているのだ。そこに彼女の利益は関係ない。

堀はうつむいて、自身の手元にあるティーカップをじっとみつめる。

「私は誤解していたんだと思う。真辺さんは、七草くんを巻き込むのが当然だと思っているみたいで、そういうのはよくない気がしてた」

確かに傍目には、そうみえるかもしれない。

小学生のころには、真辺が問題を起こすたびに職員室に呼ばれて、同じような話をされた。——真辺さんの言うことばかり聞いていてはいけませんよ。嫌ならきちんと嫌だと言いなさい。

でも、違う。

「僕は勝手に真辺と一緒にいるだけだよ。彼女はなにも強制しない。ただ誘うだけだ。彼女は誘う権利を持っていて、僕は断る権利を持っている」

彼女の姿勢は、とてもフェアだ。あまりに当然のようにフェアに振る舞うから、ときにアンフェアにみえるだけだ。

「そうなんだ。ごめん」

堀はゆっくりと、手元のティーカップに口をつけた。

僕もティーカップを手に取り、少しだけ飲んだ。そのティーカップが学習机に戻るのを待ってから、堀は口を開いた。

「七草くんは、どうして真辺さんと一緒にいるの？」

似たことを、先週の金曜日にも尋ねられた。

そのときはなにも答えなかった。上手く答えるのが難しい質問なのだ。

「とても個人的なことなんだ。聞いてもつまらないと思う」

堀は首を振る。

「教えて。もし、嫌じゃなければ」

どちらかというと、嫌だ。これはとても感情的な話だし、感情なんてものを言葉にできるとは思えない。一〇〇万通りの喜びを喜びという言葉で表して、一〇〇万通りの悲しみを悲しみという言葉で表して、どんな意味があるというのだろう？　言葉の不完全性は堀の方がよく知っているはずだ。そうでなければ、こんなにも喋ることを怖《おそ》れはしないだろう。

でも堀がその答えを求めているなら、話してもいい。嫌なことを受け入れるのは慣れている。

「真辺につき合うことに、理由なんてなにもない。誰にも強制されていない。手錠で繋がれているわけじゃないし、運命のようなものもないと思う。ささやかな偶然で僕たちは出会って、一度離れて、再会した。それだけだ」

　堀は頷く。

　僕は続ける。

「世の中には、ペアじゃなければ意味がないものだってある。靴は片方だけじゃどうしようもないし、ボールがなければグローブに使い道はない。無線機は一台だけじゃ、深い穴に向かって叫んでいるようなものだ。でも僕と真辺はそうじゃない。そういうわかりやすい理由をみつけられる話じゃない」

　もしも僕と真辺が一足の靴だったなら、物事はもっとシンプルだった。どう折り合いをつけていくのかさえ考えればよかった。でも僕たちは別々の人間で、独りきりでもそれなりに生きていけるから、より複雑な問題について考えなければならなかった。

「二年間、僕と真辺はまったく別の場所で暮らしていた。そのあいだ、僕は彼女に会いたいとも思わなかった。遠くで元気にやっていればそれでよかった。僕は真辺と一緒にいたいわけじゃない」

　遠く離れていていいんだ。互いの姿がみえないくらいに、遠く。星と星ほどの距離まで。

「堀はピストルスターを知っているかな？」

彼女は首を振る。

だから僕は、ピストルスターについて説明する。昨日の深夜に、大地に話したのと同じように。――それはとても大きな星だ。人類が二〇世紀の終わりに発見したとき、ピストルスターは銀河でもっとも大きな星だった。でも地球から遠く離れているから、僕たちが目にする輝きはささやかだ。ピストルスターはひっそりと、でも強く、気高く輝いている。僕はピストルスターの輝きを愛している。たとえその光が、僕の暗闇を照らさなかったとしても。

いってみればそれが、真辺に対する感情のすべてだ。

「僕は真辺の隣にいたいわけじゃない。ただ彼女が、彼女のままいてくれればそれでいいんだよ。馬鹿《ばか》みたいにまっすぐに、強い光みたいに理想を追い続ける彼女がこの世界のどこかにいるのなら、それだけでいい」

僕と彼女は、まったく違う。

考え方も生き方も違う。彼女の理想は、僕にとっての理想ではない。真辺由宇のように生きたいと思ったことなんて、ただの一度もない。

それでも、真辺由宇は僕にとっての英雄だった。

僕の目に映った、もっとも綺麗なものだった。

それが汚れるところなんてみたくはなかった。その美しさを保てるのなら、なにを犠牲にしてもよかった。

まったく違っていても、理想が食い違っていても、真辺由宇の人格がなによりも愛《いと》おしい。

きっと僕は矛盾しているのだろう。でも、じゃあどうしろっていうんだ。彼女は理想を追いかけるから美しくて、でもその理想が彼女を傷つけて、理想を追い続ける彼女を護りたくて、僕はときにその理想を否定する。

僕にとっては、真辺由宇の理想なんてどうでもよくって。ゴールなんてどこにあろうと、知ったことではなくって。

ある一点に向かって突き進む彼女の姿だけが、すべてだ。

「真辺が目の届かないところに行ってしまうなら、本当はそれが一番良かった。綺麗な思い出だけを壁に飾って生きていけた。でも、こんなにも狭い島で再会してしまったらどうしようもないじゃないか。近くにいたなら、僕はどうしても真辺由宇を目で追ってしまうんだよ」

だから、仕方がない。

長い注釈を終えて、僕はようやくシンプルな結論を告げる。

「僕はね、少しでも彼女が欠けるところをみたくないんだ。どうしようもなく、ただ嫌なんだよ」

これはとても感情的な話だ。だからやっぱり、客観的な説明はできない。

堀が、ゆっくりと頷く。

それから言った。

「真辺さんが好きなんだ」

きっと違う。

僕が彼女に抱いている感情は、愛とか、恋とか、そういう風に綺麗でシンプルな言葉に置き換えられるものじゃない。もっと複雑で、不透明で、一方的なものだ。

だけど、僕は嘘《うそ》をつく。

「そういうことなんだろうね」

話を切り上げるための嘘だった。

でもそれを口にしたとたん、本当に嘘だったのか、自分でもよくわからなくなった。

恋が綺麗なものなのか、僕は知らなかった。

＊

コモリコーポを出た僕は、細い路地を抜けてメインストリートに出た。

夕暮れ空に巨大な雲が横たわっている。雲は濃紺で、灰色がかっている。いかにも重たげだ。落ちてこないのが不思議なくらいだ。

その雲で、空の色が二分されている。雲の下から覗《のぞ》く空は濡《ぬ》れたような赤だ。雲の上は浮かび上がるような青だ。そのふたつは、同じ空にはみえなかった。まったく別の、ふたつの世界の空を同時にみているようだった。

メインストリートを歩く。街灯はもう明かりを灯《とも》している。でもすれ違う人たちの顔はよくみえない。光が足りていない。景色はぼやけている。

真辺由宇のことを、僕は考える。いつだって彼女のことばかりを考えている。彼女の理想が僕の理想とは違っていたとしても、それでも彼女が理想を追う姿を護りたいと、僕は思う。他のなにもかもを諦《あきら》めて、たったひとつだけを諦めないでいる。

夕闇の向こうに、尖《とが》った光がみえた。ふたつ並んでいる。野中さんのタクシーだ。この島において自動車のライトはなによりも目につく。

僕は足を止めて、手を上げた。

野中さんのタクシーが、沈み込むようにその速度を落とし、ちょうど後部座席のドアが僕の隣にくる位置で止まった。

乗り込みながら、僕は告げる。

「遺失物係まで」

ドアが閉まり、野中さんが言った。

「失くしものがみつかりましたか？」

僕は頷く。

「初めから、答えはわかっていました」

タクシーが走り出す。

3

海辺の灯台は、いつものように島の外に光を向けていた。強い光が夜空と海とで滲《にじ》んでいた。それは孤独な光にみえた。

灯台の前に女性が立っているのが、車内からもわかった。髪の長い女性。ダッフルコートを着ている。時任さんだ。

彼女のすぐ隣で、タクシーが停まる。初乗り料金を支払い、僕は降車する。

ダッフルコートのポケットに両手をつっこんだまま、時任さんがこちらを向いた。

「やあ、ナナくん」

こんばんは、と僕は応える。後ろから、タクシーのエンジン音が遠ざかっていくのが聞こえる。

時任さんは、ややうつむき気味に言った。

「今夜は寒いねぇ。毎晩、寒くなる」

「なら郵便局の中にいればいいのに」

「今、配送が終わったとこ。なんだかたまに、この灯台を見上げたくなるんだよね」

「どうして？」

「知らないよ、そんなの。誰だって高いものは見上げるでしょ」

時任さんは小心者のカメみたいに首を縮めて、灯台のいちばん高い場所に視線を向けた。巨大なライトの上にちょこんと載った、ベレー帽みたいな屋根だ。

「時任さんはこの中に、遺失物係がいると思いますか？」

「どうかな。できるだけいないでいて欲しいけど」

「どうして？」

「だってそうでしょ。明かりもつけないで、物音も立てないで、まるで石の下の昆虫みたいにさ。独りこんなところで生きていくなんて、楽しくないよ」

時任さんは白い息を吐きながら、じっと灯台をみつめている。

「魔女は？」

「ん？」

「ひとりきりで、山の上に暮らす魔女はどうですか？」

「ああ。たしかに、同じようなものかもね」

階段島にきて、魔女のことを知ったとき、僕はまず悲劇的だと感じた。山の上から島を見下ろす絶対的な権力者なんて記号に置き換えてしまうと、憐れみからはかけ離れているけれど、それでも。独りきり姿もみせずにこの島の平穏を護り続ける誰かがいるのだとすれば、その生活に同情した。だから僕は階段をのぼったのだ。魔女に会って、話を聞いてみたかった。

「そういえば、魔女に手紙を出したんです」

金曜日と、日曜日の二回。ほとんど同じような内容の手紙を魔女に宛《あ》てて書いた。返事はまだない。

「届けてくれましたか？」

「もちろん」

「魔女は本当に、山の上にいるんですか？」

「たぶんね。会ったことはないけれど」

「僕は、できるなら魔女には、街で暮らしていて欲しいんです」

誰も正体を知らない魔女なら、どこにいても同じだ。ただの住民のふりをして、平穏な日常を送っていればいい。コンピュータゲームの魔王じゃないんだから、わざわざダンジョンの一番奥にこもっている必要はない。聖剣を持った勇者に怯《おび》える必要もない。

時任さんが頷く。

「灯台の中も山の上も、からっぽだったらいいいね」

「ええ」

「ゴミ箱の中は、からっぽがいちばんいい」

「そうですね」

「でもさ、なんにせよあの階段だけは、からっぽじゃないよ。学校の裏から山のてっぺんに続く階段」

「どういう意味ですか？」

「この島のことを知りたければ、階段をのぼるしかないってこと」

彼女の声からは、なにか確信めいたものを感じた。落ち着いていて、安定していて、少しだけ悲しげだった。

「僕も一度、そうしてみたことがあります」

「どうだった？」

「頂上には辿りつけませんでした」

「そう」

「どうしてでしょうね」

時任さんは笑う。

「私にはわからないよ。あそこは、とても個人的な場所だから」

時任さんは身震いして、灯台に背を向けた。隣の郵便局に向かって、ゆっくりと歩き出す。

「誰にとっても個人的な場所なんだよ。ベッドの上みたいに、夢の中みたいに、思い出に浸っているみたいに。だからナナくんの階段は、私にはわからない。私の階段も、ナナくんにはわからない」

不思議な話だ。でも、なんとなく理解できた。

あそこはとても孤独だった。独りきり、狭い階段をひたすらにのぼらなければならない。頂上はみえず、一本道でも自分がどこにいるのかもわからなくなる。なにも相対化できない、たった独りの場所だった。

郵便局のドアに手を掛けて、時任さんはこちらに顔を向ける。

「中でホットミルクでも飲む？」

「いえ」

時任さんに会うために、ここに来たわけではない。

彼女は笑って、通りの先に視線を向ける。

「確かに、そんな場面でもないか」

僕は時任さんと同じ方向をみる。

道路の向こうから、女の子が走ってくる。両手を大きく振って、髪を乱れさせて、離れていても騒々しい足音が聞こえるようだった。彼女の姿は薄い暗闇の中でも、はっきりと輝いていた。タクシーのヘッドライトよりもずっと特徴的で、目を離せなかった。

「じゃ、またね」

と時任さんが言った。

彼女が郵便局に入ったのが、ドアの閉まる音でわかった。でも僕はそちらをみなかった。返事もしなかった。

まっすぐに、真辺由宇が走ってくる。

彼女は両手を膝《ひざ》について、前かがみになり、しばらく息を荒らげていた。

「大丈夫?」

と僕は声をかける。

真辺は何度か頷いて、「空気、足りない」と答えた。彼女はしばしば、人体には限界があることを忘れるのだ。

呼吸の音が落ち着くのを待って、僕は尋ねた。

「どうしてここにいるの?」

「きみを、みつけたから」

「それで走ってきたの?」

「仕方ないでしょ。七草、タクシーに乗ってたもん」

「どうして僕を追いかける必要があるの？」

彼女は眉を寄せて、僕を見上げた。

「なんとなく」

「いいかい、真辺。女子高生はなんとなく全力疾走するべきじゃない」

「どうして？」

「寒い時期に汗をかくと、風邪をひくかもしれないでしょ」

本当はそんな理由でもないけれど、とりあえず真辺を納得させるためにわかりやすく答える。彼女は、「わかった。次からできるだけ暖かい時期にする」と頷いた。

「でも、そうだ。訊《き》きたいことがあるの」

「残念だけど、僕は用があるんだ」

「すぐに済むよ。七草が答えてくれたら」

僕は小さなため息をつく。

「なに？」

「教えて。どうして、落書きを描いたの？」

今朝から色々な人に、そのことばかり尋ねられる。落書きの理由なんてそんなにも知りたがるものだろうか。まあ、自業自得《じごうじとく》だから仕方がないけれど。

「意味なんてないよ。気まぐれで描いただけだ」

「嘘。きみはああいうの、いちばん嫌いでしょ。勝手なわがままで他人に迷惑がかかるようなこと、まず避けようとするでしょ。本当にきみが犯人なら、なんの理由もないはずないよ」

　真辺はまっすぐに僕の顔をみつめている。表情のない顔だ。作り物のような顔。人ではない、もっとシンプルな、記号的で綺麗な顔。そのふたつの黒い瞳《ひとみ》からは、不思議と意志や決意のようなものは感じない。穏やかな湖面みたいに澄み渡っている。

「朝からずっと訊きたかった。でも上手《うま》く言葉にできなかった。なんだか、踏み込むのを躊躇《ためら》っていた。でも教えて。きみは私のせいで、嫌なことをしたの？」

　僕は首を振る。

「どうしてそんな話になるんだよ。ただの落書きだ。君がなにをしたっていうんだ。僕が勝手にいたずらをして、みつかって、叱《しか》られただけだ」

「でも、堀さんが言ってたよ。私が七草の決定権を奪っているって」

「そんなことはない」

　みんな誤解だ。

　みんな、真辺由宇を誤解している。

「僕は僕の意思で行動しているよ。傍からはそうはみえないかもしれないけれど、でもこれまで、君になにかを強制されたことなんて一度もない」

「それは知ってる。七草、意外と頑固だし」

「君には言われたくないな」

「七草のことは、結構知ってるよ。秘密主義だし、平気で嘘をついて誤魔化すし、たまに意地悪だし、無駄に好き嫌いとか隠そうとするし、全体的に素直じゃない」

「わざわざ僕にけんかを売りにきたの？」

「それに、とっても優しい」

真辺の声は奇妙に力強く、攻撃的で、尖っていた。

「誰よりも、七草は優しい。だからたまに、心配になる」

「そんなことはないよ。人に優しくするのは、とても疲れるんだ。僕はすぐに諦める。簡単に、なんでも諦められる」

真辺由宇とは違う。

彼女のように、純粋には理想を追えない。もちろん誰にだって優しくできた方がよいけれど、そんなに大変なことはやっていられないから、これまでいくつものことを投げ出してきた。

なのに、彼女は首を振る。

「違うよ。七草だけが、私を見捨てなかった」

息が詰まる。

真辺の口からは聞きたくない言葉だ。彼女はもっと、他人の感情に無自覚的で、鈍くて、乱暴で。見捨てられたとかそんなこと、思いつきもしない女の子だ。きっとそうなのだと信じてきた。なのに。

「七草は私のことを馬鹿だと思っているのかもしれないけれど」

「うん。まあ、そうだね」

「実際に馬鹿なのかもしれないけれど、それでも目はわりと良い方だし、耳も普通に聞こえているんだよ」

「目も耳も関係ないと思うけど」

「普通にものが見えて、普通に耳が聞こえていたら、きみに感謝していないわけないじゃない」

真辺は僕の制服の袖《そで》の辺りに手を伸ばした。

避《さ》けることも、振り払うこともできなくて、袖口の辺りをつかまれた。それは弱く繊細な力だった。

「七草が諦めるのは、自分のことばかりでしょ。楽をしたいとか、得をしたいとか、そんなことしか諦められないんでしょ。自分のことは諦めて、誰かのために、きみは苦労ばかり背負い込んでいるんでしょ」

違う。僕が本当に諦められないのは、たったひとつだけだ。

思いきり反論したかった。君の勝手な理想ばかり押しつけるなよと言いたかった。乱暴に手を振り払って、背を向けてしまいたかった。

でも、できなかった。

もう夕陽はその姿を消している。分厚い雲に隠れて、月も出ていないようだった。灯台のライトは海の先ばかりを照らしている。真辺の表情はよくわからない。

それでも、郵便局から漏れて届くささやかな光で、彼女の涙がきらめいた。

「まっくらやみの中にいるような気分になることがある。豆電球がひとつあれば救われるのに、私はそれを持っていないの。二年間、何度もそんな気がした。そのたびにきみのことを思い出した」

真辺由宇が泣いていた。音もなく涙を流していた。

まったく、なんなんだ。彼女の感情は奇妙なタイミングでスイッチが入るのだ。よくわからないことで、勝手に泣くんじゃない。やっぱりだ。いつだってそうだ。真辺由宇だけが、僕を苛立《いらだ》たせる。息苦しかった。

「ずっと知っていたよ。七草が、いつも私の手元を照らしてくれていたんだ。私はずっと、きみに護られていたんだ」

僕は人生にプラスを求めない。真辺由宇を笑わせたいとは思わない。ただ、マイナスを無くせればいい。彼女が泣いている姿はみたくない。

なのに、結局だ。知っていた。結局、僕は失敗する。

「なにをするつもりなのか、教えてよ」

掠れた声で、彼女は言った。

「きみが独りで苦労しているのを、私は絶対、許さない」

つい、笑う。

彼女の言葉があんまり的外れで、それがいかにも彼女らしくて、可笑《おか》しかった。

――そんなこと君にだけは言われたくない。いつだって勝手に苦労を背負い込んでいるのは君の方だろう？　いつだって僕は君を横目でみて、勝手にひやひやしているだけだ。

「涙を説得に使うのは、反則だよ」

「別に、泣きたくて泣いてるわけじゃない」

「本当に、たいした用じゃないんだ」

僕は諦めてばかりいる。

ネガティブなことで意外だと感じるのは、久しぶりだ。予定と違う。真辺由宇への隠し事に失敗するとは思っていなかった。

「君と同じだよ。僕も、魔女と交渉するつもりだ」

*

僕はこの島にきてすぐに、ふたつの仮説を立てた。

ひとつは階段島の成り立ち——端的に言ってしまえば、僕たちを捨てたのは誰なのかについて。あまりに非現実的で、僕自身、納得のいく仮説ではなかった。でも魔女に会うために階段をのぼって、その途中で起こったことで、仮説はふいに現実味を帯びた。

ふたつ目は魔女のことだ。魔女と呼ばれる人物の目的について。彼女が隠していることと、護りたいものについて。こちらは階段島の現状をみれば明白だった。

僕はふたつの仮説を、これまで誰かに話したことはない。初めから階段島の秘密を暴《あば》き立てようなんて思ってはいなかった。この島でひっそりと暮らしていければそれでよかった。

すべてが変わってしまったのは、真辺由宇に再会した時だ。

僕にはどうしても、彼女がこの島にいることが、許せなかった。

だから僕は落書きを描いた。魔女と交渉して、もっと言うなら魔女を脅迫して、僕のわがままを押し通そうと決めた。

それは今も変わらない。なにを犠牲にしても、どんな手を使っても、僕は彼女をこの島から送り出す。そう決めていた。

＊

「ひとつだけ約束して欲しい」

僕は真辺をじっとみつめる。

「今夜、これから君が見たり聞いたりすることを、絶対に誰にも話さないこと」

どうして？　と尋ねられると思っていた。

でも真辺由宇は、涙を拭《ふ》いて、深く頷いただけだった。

4

灯台のドアノブをつかむ。

それは簡単に回転する。たいした力もいらない。

か細い悲鳴のような音を立てて、扉が開く。中は暗い。空気に埃《ほこり》が混じっていて、軽くせき込みそうになる。

僕たちは扉を開けたまま、灯台の中へと入る。人がいる気配はなかった。内壁に沿う形で螺旋《らせん》階段が伸びている。見上げても、暗くて何もわからない。

「のぼればいいの？」

と真辺は言った。

でも僕は首を振る。

「遺失物係には、用はないよ」

僕はゆっくり奥へと進む。本来は、ここに来る必要もなかったのかもしれない。三月荘の食堂でも事足りたのかもしれない。僕が探していたものは、螺旋階段の手前にあった。それは小さな木製のテーブルに載っていた。ピンク色をした古めかしい電話機だ。

僕が近づくと、電話機は音をたてはじめる。ジリリリリン、ジリリリリンと、わがままで耳障《みみざわ》りな音だ。

僕は受話器を手に取る。

「扉を閉めて」

真辺が扉を閉めると、灯台の中はほとんど完全な暗闇になった。扉の隙間《すきま》からほんのわずかに、夜の光が漏れていた。ほとんど完全な闇に比べれば、夜だって明るい。

受話器を耳に当てても、声は聞こえなかった。でも小さな息遣いで、先に誰かがいることはわかった。暗闇は距離の感覚も消してしまう。僕は目を閉じて、すぐ耳元にいる魔女を想像した。

「初めまして、七草です」

と僕は言った。

受話器から聞こえてきたのは、女性の声だった。機械を使って声を変えているわけでもなかった。でも年齢のわからない声だ。年老いているようにも、ずっと若いようにも聞こえた。

「七草と話すのは、初めてではありません」

とその声は言った。

確かにそうかもしれない。僕の仮説でも、そうなる。

「でも僕は、貴女《あなた》に会った時のことを忘れています」

「ええ」

「貴女が忘れさせたんでしょう？」

「そうね」

魔女の声はどこか楽しげだった。幼い子供に向かって語りかけるような、無邪気な声だった。

「貴方《あなた》が失くしたものは、みつかった？」

その質問は、間違っている。

「いいえ。僕はなにも失くしていません」

二人称は、違う。この島のルールを告げるときには、必ず相手の名前を呼ばなければならない。――七草が失くしたものをみつけなければなりません。真辺が失くしたものをみつけなければなりません。

まず疑問だったのは、それだ。

どうして君や貴方ではいけないのか。どうして名前を呼ぶことが必要なのか。

答えは簡単だ。この質問において、七草とは僕ではなく、真辺とは彼女ではない。

「七草が失くしたものは、知っています」

ここは捨てられた人たちの島だ。ゴミ箱の中のような場所だ。そう理解したとき、僕は考えた。

——じゃあ一体、誰に捨てられたのだろう？

そしていつものように最悪を想定した。もっとも救いのない答えを元に、仮説を立てた。

「なぜ遺失物係が灯台にいるのか、疑問でした。でも灯台の役割を考えれば、なんとなく想像がつきました。それは海の向こうを照らしているんです。島の外からやってくる誰かのためにあるんです。遺失物係というのは、島の住民のためにいるんじゃない。外から失くしたものを捜してやってくる人のためにいるんです」

失くしものをした七草は、島の外にいる。

この島には、失くしたものばかりがつめこまれている。いや、失くしものというのは優しい嘘のような表現で、本当は捨てられたものばかりが詰め込まれている。

「七草は僕を捨てたんでしょう？　僕は僕自身によって、くしゃくしゃに丸められて、ゴミ箱に放り込まれた。その先がここなんでしょう？　僕は捜す方じゃない。捜される方だ」

この島の住民は、なんらかの欠点を持っている。たとえば学校が怖い先生、たとえば虚言癖のある友人、たとえばコミュニケーションに怯えている女の子。それに、たとえばネガティブにしか物事を考えられない僕。

僕たちはみんな、自分自身によって捨てられた。

まるであり得ない話だ。でもこう考えるのが、いちばん自然だった。

「七草は自分自身の、悲観的な人格を捨てたんだ。嫌いな部分を、この島に押し込んでいったんだ。その引かれた人格が、僕なんでしょう？」

七草にとって、成長し、大人になる上で、改善されるべき欠点が僕だった。島の外には本物の七草がいる。悲観的な僕を捨てて、少しだけまともに成長した七草が。

ここには成長する過程で、捨てられた人格ばかりが吹きだまっているのだろう。

きっと外の世界にいる、本物のトクメ先生は学校への恐怖を克服したのだろう。本物の一〇〇万回生きた猫はもうそんな偽りにまみれた名前じゃなくて、本物の堀は笑顔でクラスメイトと話せているのだろう。

良いことだ。素晴らしいことだ。幸せな未来を、みんな手に入れたのだ。

でもそんなの、知ったことか。

僕には関係ない。この島にいるトクメ先生や、一〇〇万回生きた猫や、堀には関係ない。

島の中心には階段があって、でも僕たちにはその階段をのぼりきることができない。成長の過程で捨てられた僕たちは決して成長できず、この楽園のようなゴミ箱の中で、外の世界とは交われないまま過ごすしかない。壁にひっかけられた秒針みたいに、過酷な運命から解放され、ただ空白のような時間を生きるしかない。

――ここは、捨てられた人たちの島です。この島を出るには、七草くんが失くしたものを、みつけなければいけません。

当たり前だ。

僕が本物の七草ではないのなら、捨てられた人格でしかないのなら、僕がこの島を出る条件は決まっている。七草がゴミ箱をあさって、僕を見つけだすことだ。つまりは現実の七草が欠点の克服に失敗しなければ、僕はずっとここから動けない。

「その通りですよ」

と魔女が言った。

「よくわかりましたね。素晴らしい」

僕はゆっくりと息を吸って、吐いた。

こんなこと、本来なら別にどうでもよかった。いくらでも諦めがついた。僕はこの島を変えようとも、島の真実を暴き立てようとも思わなかった。ここで静かに、平穏に暮らしていければ、それでよかった。

でも、たったひとつだけ。決して許せないことが起こった。

――どうして真辺由宇が、ここにいるんだ?

彼女が、彼女自身を捨てたのか? あの真辺由宇が。馬鹿で現実的ではなくて人の気持ちがわからない、ただまっすぐな理想主義者が。信じられなかった。信じたくはなかった。真辺由宇だけはここに来てはいけなかった。僕はどうしても、彼女が欠落することが、許せなかった。

僕は魔女に呼びかける。

「どうして、人格の一部を切り取るようなことができるんですか?」

「私は魔女ですよ。魔女は魔法を使うものです」

「貴女になら、元に戻すこともできる?」

「可能ですよ、もちろん」

「僕の手紙は届きましたか?」

「ええ。すみませんね、まだ返事を書けていなくて」

「いいんです。今、答えを聞かせてもらえれば」

魔女は完全に階段島を支配している。その支配は平和的なものだ。些細《ささい》な不満すべてを消し去ることはできないかもしれないけれど、それでも階段島には階段島の平穏があり、階段島の幸せがある。魔女はそれを護っている。

だから魔女は階段島の真実を隠しているのだろう。この島の住民はみんな自分自身によって捨てられたなんて、どうしようもなく悲劇的な話は、決して公表したがらないはずだ。

だから僕は、落書きを描いた。僕にとっていちばん綺麗なものを、ゴミ箱の外に連れ出すために。魔女が隠したがっていることを、少しずつ公表した。

——魔女はこの島に過去ばかりを閉じ込めた。未来はどこにある？

それは島の外にある。

——君たちは鏡の中にいる。君たちはなんだ？

ただの虚像だ。

——「失くしもの」はすぐ近くにある。失くしものとはなんだ？

もちろん、僕たち自身だ。

「僕は次に、もっと決定的な落書きをすることだってできます。でも貴女はこの島の人たちが真実を知るようなことは、望まないでしょう？」

落ち着いた声で魔女は肯定する。

「そうですね。私はわりと、ここが気に入っていますから」

ようやく、本題だ。

「なら、ひとつだけ僕のわがままを聞いてくれませんか？」

ひとつだけ。真辺由宇を、元いた場所に戻せればいい。それだけだ。ほかにはなんにも望まない。

でも、電話の向こうで魔女は笑った。

「いいえ。そんなことは、交渉の材料にはなりませんよ」

「どうして？」

「貴方はこの島に来たときの記憶を失くしている。私が消したからです」

「はい」

「必要なら、また同じようにしますよ。貴方から記憶を消してしまえば、それで済む話です」

僕はため息をつく。

意外ではなかった。想定していたことだ。ネガティブな可能性は、いつだって一通り考えている。

「最後の落書きは、もう描き終えています。僕がすべて忘れても、落書きはこの島に残り続けます。きっといつか、誰かがみつけ出すでしょう」

これでダメなら、仕方がない。

諦めて、投げ出して、別の方法を探すしかない。

僕は暗闇の中で沈黙する。受話器を握りしめて魔女の答えを待つ。後ろから、真辺がこちらをみている。もちろん確認する方法なんてないけれど、彼女は息を止めるくらいにじっと、僕をみている。

「いいえ。貴方は、そんなもの描いていませんよ」

「どうして、わかるんですか？」

「ずっとみていましたから」

まるで母親みたいな、優しい口調で魔女は言った。

「私は貴方をずっとみていたから、貴方のことならなんだってわかります」

監視されていた？　魔女は、そんなにも絶対的なのか。

「階段をのぼりなさい。救いであれ、そうではないものであれ、すべては階段でみつかります」

そう言い残して、魔女は電話を切った。

僕はしばらくのあいだ、受話器を耳から離すことができないでいた。

暗闇の中で電話機の前にじっと立ち尽くしていた。両足に力が入らず、手の動かし方がわからなかった。魔女との会話で、僕は深く疲労していた。全身の神経がぷちぷちと途切れてしまったようだった。なのに期待したものは得られなかった。結局、僕は失敗する。

　後ろから、真辺の声が聞こえた。

「魔女はなんて言ったの？」

　僕は手探りで電話機の場所を確かめる。ほとんど完全な暗闇の中で、受話器をあるべき場所に戻す。

　ゆっくりと一度、深呼吸をしてから、魔女の言葉をなぞる。

「階段をのぼれ。救いであれ、そうではないものであれ、すべては階段でみつかる」

「そう」

　いつもの通りに、真辺の声は落ち着いている。先ほどまで泣いていたなんて信じられない。

「なら、階段をのぼりましょう」

　他にはどうしようもない。でも、それでよいのだろうか。僕は以前にも一度、あの階段をのぼった。でも頂上には辿り着けなかった。

「君は、昨日も階段をのぼったんだよね？」

「うん」

「どうだった？」

「上手くいかなかった。とても心細かった。なにかが足りないような気がしていた」

僕の手を、冷たい手がつかんだ。

「でも、七草と一緒ならのぼれる気がするよ」

言葉と同時に、強く、強く手を引かれる。

——ああ。

なんとなく、思い当る。

僕は今までずっと、真辺の後ろをついて回っていた。

彼女に手を引かれるのは、たぶんこれが初めてだ。

5

ふたり、手を繋《つな》いで音のない夜道を歩く。

灯台に背を向けて、ずっと向こうにみえる山を目指す。山には中腹の辺りまで、ぽつぽつと明かりが灯っている。明かりは階段を照らし、その階段は学校に繋がっている。でも光はそこで途切れていた。魔女がいるはずの山頂は、すでに深く純粋な闇の中に沈んでいた。夜空よりもなお暗い、黒く巨大な影が横たわっているだけだった。

山を目指してまっすぐに歩く真辺は、古い演劇の一場面のようだった。どこか不条理で、どこか神聖だった。本来、僕はただの観客だ。なのに今は手を引かれている。脚本も知らないまま、場違いに舞台に引き上げられている。

真辺が言った。

「大地は、どうして自分自身を捨てたのかな」

きっとそれは、疑問ではなかったのだと思う。彼女は頭の回転が速い。僕が魔女に話したことを聞いていたなら、もう答えに思い至っている。けれど真辺の言葉は、独り言のようにも聞こえなかった。疑問ではなかったとしても、僕に答えることを求めているのだとわかった。

「とても真っ当に成長したかったんじゃないかな」

それはひよこが卵の殻を突き破るように、おたまじゃくしがえら呼吸を捨てて陸上にあがるように。あの小さな少年は、苦しみを伴ったとしても、本来あるべき形に成長しようとしたのだ。

「たぶん大地は、母親を愛そうとしたんだ」

大地は母親が嫌いだと言った。母親を嫌う自分自身の感情が怖いのだと言った。

彼は優しい子だ。優しい小学二年生が、恐怖を覚えるほど母親を嫌うようになったきっかけなんて、悲劇的なものしか想像できない。

けれど大地は、きっとそんな自分自身の感情を捨てたのだ。きちんと母親と向かい合い、母親を愛することを決めた。とても素晴らしいことだと思う。拍手で迎え入れることなのだと思う。だから魔女だって、これまでのルールを崩して、彼の「捨てられるべき部分」をこの島まで連れてきた。

真辺はちらりともこちらを振り向かなかった。

まっすぐに前をみて歩きながら、感情的ではない抑えた声で言った。

「でも、それじゃあこの島の大地はどうなるの？」

決まっている。

僕たちが知っている大地は、あくまで捨てられた一部分なのだ。大地が真っ当に成長して当たり前に幸せになるために、不要だった部分なのだ。母親を嫌ったまま、その感情に怯えたまま、この島で生活していくしかない。きっと僕には想像もできない深い傷を、階段島でもみつけられるささやかな何かで埋めていくしかない。

理想論を語るなら、大地は魔女なんかに頼るべきではなかったのだろうか。自分自身の力で問題を克服していれば、この島の不幸な大地は生まれなかったのだろうか。

本当に？　と僕は自問する。

答えは知っていた。そんなものが、理想なはずがなかった。彼はまだ小学二年生なのだ。小さな子供に責任をみんな押しつけて、勝手に頑張れというのは、やはり違う。それは僕の理想でも、真辺由宇が目指す理想でもない。きっと、誰にとっても理想ではないはずだ。

自分自身を捨てた、大地の選択は正しいのだろう。正しく考えて、正しく行動したのだろう。魔女の魔法はきっと確かな救いで、奇跡とも呼べるような力で、それでもどうしようもない副作用を持つ。現実の大地が先へと進んでいくのと同時に、階段島には悲劇的な「捨てられた大地」が取り残された。

そんなの、どうしろっていうんだ。

どこに完璧《かんぺき》な答えがあったっていうんだ。

間違うしかなくて、間違い方しか選べないような問題が、僕たちの周りには溢《あふ》れている。なら間違いを受け入れて、諦めて、傷を負ったままやせ我慢しているしかないじゃないか。

僕の左手は今、真辺の右手に繋がっている。彼女の小さな手を僕は意識する。それは脆《もろ》くてか弱いものに思える。けれど僕が知っている中で、彼女がもっとも純粋に強く、美しい。

僕は真辺由宇に尋ねる。

「君は今もまだ、大地がこの島を出るべきだと思う？」

彼が島を出るためには、相原大地が――それは島の外にいる相原大地が、失《な》くしたものを取り戻さなければならない。つまりは母親を嫌う感情を、自分自身の感情に怯える心を、また取り戻さなくてはならない。

「もちろん」

真辺由宇はまっすぐに前だけをみている。

「大地に押しつけちゃいけないことを、誰かが大地に押しつけた。それは間違ったことだよ」

「じゃあ、どうするの？」

「現実を変える。大地がこの島を出たとき、もう泣かなくてもいいように。今度は魔女なんかに頼らなくてもいいように」

「彼の事情を、知ってるの？」

「知らないよ。まったく」

「なら、可能かどうかもわからない」

「不可能なわけがないよ」

彼女は決して歪《ゆが》まない。それは腹立たしいくらいに。いつだって、真辺由宇だけが僕の感情を逆なでする。彼女だけが僕を感情的にさせる。

「母親が子供に愛されることが、そんなに難しいわけがない。魔法なんて必要なわけがない。こんなの理想論でもなんでもない。ただ当たり前のことだよ」

それが理想論なんだよと僕は思う。この世界の当たり前がひとつ残らず護《まも》られていたなら、地上の大部分は楽園だ。

「つまり、君は島を出るんだね？」

「うん。まず現実で大地を捜すよ」

「そう」

僕は真辺由宇の結論を知っていた。

自分自身によって捨てられた少年なんて、彼女が許すはずがない。僕はなにをしても上手くいかないし、勘違いばかりだけれど、真辺由宇のことだけは当てられる自信があった。彼女はあまりに単純で、僕の期待を裏切らなくて、胸が痛くなる。

その痛みのせいだろうか。繋いだ手の温度のせいだろうか。曇った夜空にピストルスターがみつからなかったせいだろうか。なんの思惑もないまま、口にする予定のなかった言葉を、僕は口にする。

「知ってたよ」

それは懺悔《ざんげ》だった。

本来なら僕の胸の内に、いつまでも留めておくべき言葉だった。

「知っていたから、君が灯台の中までついてくることを許したんだ。僕は、大地さえ利用することにした」

ようやく真辺が、ちらりとこちらを振り返る。

「利用？」

「僕と魔女との会話を聞いたなら、君は絶対にこの島から出ようとするからね」

「私はもともと、七草と一緒に、この島を出るつもりだったよ」

「僕はいかない」

僕はこの島に、留まる必要がある。

「君はひとりで、この島を出るんだ」

「どうして？」

「それが、僕の理想だからだよ」

たったひとつだけ、護りたいものがあった。そのほかのすべてを捨ててでもひとつだけ、絶対に諦められないものがあった。

馬鹿《ばか》みたいにまっすぐで、強くてか弱い理想主義者を、綺麗《きれい》なまま、純粋なまま、わずかな欠けも歪みもなく保ちたかった。それだけでよかった。それだけが僕の理想のすべてだった。

だから、真辺由宇が階段島に現れたことが、許せなかった。

それは彼女が彼女自身を捨てたことを意味していた。彼女が自ら欠落することを選んだのだとわかった。そんなことがあってはならなかった。

でも同時に、より大きな絶望に気づいた。

真辺はおよそ三か月間の記憶を失っている。僕はこの島にやってきて三か月経《た》つ。そして僕は、たった四日ぶんの記憶しか失っていない。

こう言いかえることもできる。真辺も、僕も、この夏の同じような時期から階段島に訪れるまでの記憶を失っている。奇妙な一致だ。

それに、僕は真辺が着ていたセーラー服に見覚えがあった。当たり前だ。この夏まで毎日のようにみていたのだから。彼女が着ていたのは、僕が通っていた高校の制服だった。

なら、僕たちの事情を想像することは簡単だ。

――およそ三か月前、僕と真辺は再会したのではないか？

そして。

――僕は真辺と再会したから悲観主義的な僕を捨てて、真辺は僕と再会したから理想主義的な彼女を捨てたのではないか？

こんなにも怖ろしい想像はなかった。僕は、七草は、たったひとつだけ護りたかったものを自分の手で欠けさせたのだ。とても許せることではなかった。

「僕たちは初めから、矛盾しているんだよ」

真辺由宇は僕の英雄で、たったひとつだけ確かに綺麗なもので、でも僕は彼女に共感できない。彼女の理想は確かに気高く輝いていて、でもそれはいつだって僕の結論とは一致しない。僕たちは本来、共に歩くことができない。

――だから二年前、僕は笑ったんだ。

僕は初めから、彼女と一緒にいることを諦めていて。ただ美しく幕が引かれることだけを望んでいたんだ。ひとつの欠けもないまま僕の前から真辺が立ち去って、あとは綺麗な思い出だけを飾って生きていけることに、安心したんだ。

真辺由宇は僕にとってのピストルスターでよかった。群青色《ぐんじょういろ》の空に浮かぶ、決して手の届かないものでよかった。この世界のどこかで、変わらずに輝いていると信じられればよかった。その光が僕を照らす必要はなかった。それだけで僕の救いだった。それだけが僕の望みだった。それだけだった。本当に。なのに。

きっと僕たちは再会して、また一緒にいたいと願ってしまった。

たぶん、同じ結末を目指したいと祈ってしまった。

だから僕たちは、矛盾する僕たちを捨てるしかなかったのだろう。七草は悲観主義を捨て、そして、真辺由宇は理想主義を捨てた。

「僕たちは本来、一緒にいちゃいけないんだ」

だから僕は、この島に留まるんだ。

真辺が理想主義を捨てなくてもいいくらい、現実の僕は、きちんと悲観主義を捨てなければならない。僕はゴミ箱の底でひっそりと息をひそめているしかない。

「知ってたよ。私も」

真辺は相変わらず、まっすぐに前をみている。

「私が私を捨てたのなら、その理由くらい、すぐにわかった。でも、一緒にいちゃいけない人間なんて、いるはずないよ」

「まったくだね。だから僕は、ここにいるんだ」

そのままでは共に進めないふたりが共に進むために、それは当たり前で真っ当な成長として、僕は僕を捨てたんだ。

「納得できない」

「どうして？」

「なにかを捨てて進むのが成長だとは、認めたくない」

「そんなのは言いまわしの問題だよ。あらゆる成長は、弱い自分や、間違った自分を捨てることだ」

「でも、この島は確かにあるんだよ」

真辺はじっと暗い山を睨《にら》んでいる。気がつけばそれは間近に迫っている。見上げるだけでは、その高さはよくわからない。

「ただの言い回しではなくって、確かに捨てられたきみと私がいるんだよ」

「真辺がいなければ、僕はこの場所を受け入れられる。僕はここを楽園だと言い張ることだってできる」

真辺由宇さえいなければ。

階段島は、不幸から遠い場所にある。それは幸福からも遠い場所なのかもしれないけれど、不幸じゃなければ、幸福だと言い張ることだってできる。

僕の左手を摑《つか》む真辺の手に、力がこもる。痛いくらいに。

「七草をここに置いていくのは、嫌だ」

ありがとう、と僕は声には出さずに応《こた》える。

「でも君は、この島を出ざるを得ない」

真辺由宇は相原大地をこのままにはしておけない。

理想を追いかける彼女は、きっと僕よりもあの少年を優先する。

僕たちは矛盾したまま手を繋いで、階段の前に到達する。

救いであれ、そうではないものであれ、すべては階段でみつかる。

6

山頂へと続く階段は、校舎の裏の、闇《やみ》の濃い場所にある。

小ぢんまりとした、高さのまばらな階段だ。ある段はつるりとした石でできていて、別の段はざらついた石でできている。でもどの段も一様に、ひっそりと息を潜めているようだった。その様からは人工物の主張を感じなかった。なにかしらの偶然で、じっくりと時間をかけて、雨や風の自然現象で生まれたもののようだった。階段は曲がりくねっている。見上げても、闇と木々に隠れて先はわからない。

僕たちは手を繋いだまま、階段に足をかける。幅の狭い階段は、並んでのぼるには少し窮屈だ。けれどそのまま進んだ。

土の匂《にお》いも、草の匂いも、あまり感じない。冬の空気は匂いを削《そ》ぎ落していく。それはただ冷たく、清潔で、汗ばみつつある肌には心地良い。

闇の中、足元を確認しながら、一歩ずつ階段をのぼる。

その動作はどこか儀式めいている。現実的な移動とはまったく性質の異なるものだった。僕は右足で新たな段を踏みしめる。左足でまた新たな段を踏みしめる。階段の終わりはみえない。上昇していることさえ感じない。それでも次の段に足を踏み出す。目的はあやふやだ。結果も求めていない。ただのぼる。なにか巨大なものに祈るように。

　鳥は鳴いていなかった。風も吹いていなかった。この階段には生き物の気配がない。闇の向こうに獣の息遣いを感じることもない。虫の声も聞こえず、葉が舞い落ちることさえなかった。純粋な水の中では魚も生きられないと聞いたことがある。同じように、純粋な静寂は、すべての生き物を拒絶するのかもしれない。

　聞こえるのは僕たちの足音と、呼吸の音だけだ。反面でその音は、奇妙にこの場所に馴染《なじ》んでいる。僕たちが一歩のぼるたび、階段が鼓動しているようだ。視界は悪い。闇がそこに立っているように、木々は黒々としている。でも不思議と恐怖も感じない。その様は指先がなにひとつとして不安を感じないのに似ている。僕たちは長く幅の狭い階段の一部分として、柔らかく含まれている。

　できるだけ静かな声で、魔女にさえ聞こえない内緒話をするように、僕たちはこっそりとこれまでの思い出を語り合う。くすぐり合うように、たまにふたりでくすくすと笑う。階段が永遠に続いたとしても、僕たちの思い出が途切れることはないだろう。僕は真辺さえ忘れている真辺のことを覚えているし、真辺は僕さえ忘れている僕のことを覚えている。結局のところ、僕は長いあいだずっと、彼女ばかりをみていたのだ。しばしば真辺も、暗闇の向こうから、純粋なふたつの瞳で僕をみているのだとわかった。それはたぶん、神さまにみつめられているのとそう違わない。今の僕にはもうなんの秘密もなく、すべてを見通されることを怖《おそ》れる必要もない。

すべては儀式なのだ、とまた思う。それは魔女に捧《ささ》げるものでも、階段に捧げるものでもない。僕のそばから真辺を送り出すための、神聖ではなくとも価値のある儀式だ。さよならという言葉をもう少しだけ間延びさせて、群青色の星空の、いちばん大切な場所まで彼女を送り届けられればいい。

以前にも僕は、この階段をのぼった。独りきりでのぼる階段は恐怖を伴っていた。強い向かい風の中をうつむいて進むように息苦しかった。でも、今は違う。まったく別の感触がある。「あそこは、とても個人的な場所だから」と時任さんは語った。不思議なことだけれど、真辺と並んでのぼってようやく、実感を伴ってその言葉を理解できたような気がした。多少の緊張はある。胸はわずかに痛む。両足には音もなく疲労が溜《た》まっていく。それでも、僕にとっては極めて珍しいことだけど、安心していた。理由なんてなくとも、みんな上手くいくような気がしていた。

――きっと、僕が真辺由宇の隣にいるのは、これで最後になる。

それは正しいことだ。

真辺由宇は強い女の子だ。だけど彼女は、強ければ強いほど、脆くて傷つきやすくみえる。この世界の様々なものが彼女に敵対する。時には優しさとか、思いやりとか、愛情とか、そういうどうしようもないものさえ彼女の敵になる。

世界が真辺由宇のようならよかった。誰もが何もかも理想を信じていて、わずかな濁りもなくて、綺麗で。そんな風ならよかった。でも幸福や喜びさえ、彼女の理想とは違う場所でみつかることもあって、そのたびに僕はやるせなくなる。

真辺由宇は世界よりもずっと小さくて、世界よりもずっと弱い。この階段島に比べても、ほんのささやかな存在だ。

それでも僕は真辺由宇の強さがそのままの形で、この世界の片隅に残っていて欲しかった。たったひとつの傷もないままでいて欲しかった。あり得ないことだとわかっていても、一六年も彼女が彼女のままいられただけで奇跡的だったとしても、真辺由宇がひび割れて欠けていく姿だけはみたくなかった。

誰かが、真辺由宇の隣にいなければならないのだ。

この綺麗で脆いものを護らなければならないのだ。

だから現実の僕は、僕を捨てたのだろう。ネガティブな僕が邪魔だったのだろう。僕はたったひとつだけ諦めなかったのだ。真辺由宇の意志と哲学を護ることだけは、諦めないでいられたのだ。それなら僕は、ゴミ箱の中の僕は、現実の僕の元に真辺由宇を送り返さなければならない。あとは現実の僕にすべてを任せるしかない。任せる相手が僕だというのに、多少の心もとなさを感じる。だから少し、胸が痛い。でもこれが、僕に想像できる最良の結末だ。

雲の切れ目から、わずかに月が顔をのぞかせる。その光でずいぶん霧が出てきたようだとわかる。黒い闇が階段島を包み、白い闇が辺りに漂っている。僕たちには互いの顔もみえない。彼女の手のひらだけを感じる。冷たい手。暖かい手。真辺由宇の温度。その熱を握りしめて、僕たちの思い出話が、ふと途切れる。もちろん話題が尽きたわけじゃない。言葉よりも沈黙の方が、雄弁な時間もある。

胸を締めつける無音のあとで、真辺の声が聞こえた。

「約束しよう、七草」

二年前にも聞いた言葉だ。でもその響きは、まったく違っていた。彼女の声は自信に満ちているようだった。明瞭《めいりょう》で、わずかな震えもなくて、感情さえみつからない遠い星から届く光みたいに、まっすぐな声だった。

「私たちは必ず、また出会うんだよ」

それは約束には聞こえなかった。決まったことをただ告げるような口ぶりだった。ほんの一瞬、彼女の言葉に頷《うなず》きたいと思った。あるいは二年前からずっと、一度も途切れずに僕はそう願っていたのかもしれない。

けれど、もちろん、首を振る。きっと夜の闇と霧に紛れて、彼女には僕の姿がみえていないけれど、それでも伝わったのだとわかる。

「約束しよう。真辺」

偶然出会った僕たちが、偶然一緒にいられるのは、ここまでだ。

「僕たちはいつまでも、僕たちのままでいよう」

本当は、僕のことなんてどうでもよくて。僕自身に護るべきところなんてなくて。ただ真辺由宇が保たれるなら、僕は彼女から遠く離れることだってできる。

返事は聞えなかった。

彼女は肯定も否定もしなかった。

ふいに手のひらから、彼女の熱が消える。それは夜が一層闇を深めるような変化だ。彼女のぶんだけ、世界が輝きを失う。群青が闇へと落ちていく。ずっと手を繋いでいたのに、唐突に、真辺由宇が抜け落ちた。

僕は歩みを止める。もうなにもみえない霧の中で、ひとりそっと左手を握る。真辺に話したいことは無数にあって、それはこの階段では足りない。でも本当に伝えるべきことは、もうみんな伝えられたのだと思う。だから、よく自覚できなかったけれど、たぶん僕は笑う。

昔みたあの星空を思い出して、なんだか泣きたかった。真辺由宇はずっと遠くに行って、僕にはもうその輝きをみつけられない。これでいいんだ。これが、最良なんだ。なのに胸がずきずきと痛む。頭を振って、あの夜空を忘れようとする。いなくなれ群青、と囁《ささや》く。僕は暗闇の中にいればいい。気高い光が、僕を照らす必要はない。

目の前にはまだ階段が続いている。

僕は大きく息を吸って、それからゆっくりと吐いた。涙は流れなかった。それから、左手を握りしめたまま、ひとり階段をのぼる。

この上で起こることを、僕は知っている。

＊

九月が終わるころ、僕は階段をのぼった。

魔女が暮らすという山頂を目指したとき、起こることについては、噂話《うわさばなし》でおおよそ聞いていた。階段はどこまでも途切れず、やがて視界を霧が覆《おお》い、睡魔に襲われる。そして気がつけば階段の下に戻されている。簡単に信じられることではなかったけれど、僕の身にもだいたい同じようなことが起こった。

ただひとつ、噂にはないことを、僕は体験した。

深い霧が視界を覆ったそのあとで、霧の向こうに人影が現れたのだ。それは、魔女ではなかった。彼の姿をみつけたとき、僕はこの階段島の構造に確信を持った。

階段島は自分自身に捨てられた人々の島だ。僕たちは階段の下に吹きだまっている。そこから移動できず、成長もできず、停滞した平穏でまどろんでいる。

なら階段をのぼったときに出会うのは誰なのか、答えは明白だった。

僕は階段で僕に出会った。

僕を捨て去って少しだけ成長した、現実の七草に。そして短い話をした。まったくかみ合わない話を。

それは僕にとって、あまり意味を持つ出来事ではなかった。

僕は彼に尋ねたいことも、伝えたいこともなかった。ひとりの人間が、ぽんとふたつに分かれたわけだけれど、まあそんなことは気にせずお互い好きなように暮らしていこうと話した。僕は僕自身にそれほど興味がなかったし、それは向こうにしてみても同じことだ。彼はその階段での出来事を、つまらない夢のひとつだとでも考えているようだった。

だからあのときは、ただ出会って、別れるだけでよかった。道端ですれ違うのとなにも変わりはなかった。

でも、今夜は違う。

僕は僕自身に言っておきたいことがある。

＊

どれほど階段をのぼったのか、もう思い出せない。

真辺由宇が消えてしまった階段は、ぎりぎりまで水を注いだ水槽みたいに、隙間《すきま》なく沈黙に埋め尽くされていた。僕の足音さえ、なぜだか聞こえなかった。その沈黙は詩的でさえない。

噂通りの眠気がやってきたのか、それとも全身にのしかかる疲労のせいだろうか、意識にまで霧がかかった。僕はもうなにも見ていなかったし、なにも聞いていなかった。呼吸さえしていたのか怪しい。なにか巨大な装置の片隅でひっそりと回っている歯車のように、自分自身のことも意識から抜け落ちていた。

それでも階段をのぼり続けると、ふいに、霧が晴れた。なんの予兆もないまま月光で階段がはっきりと姿を現す。僕は足をとめて、視線を上げる。頂上はまだみえない。ただ、七、八段上に、つまらなそうな表情の僕が立っている。

僕はゆっくりと階段を進み、その七草に近づいた。

「会うのは二度目だな。覚えているか？」

彼は不満げに首を傾《かし》げる。

「二か月くらい前にも、同じ夢をみたかな」

「それはよかった」

「よかった？」

「いや」

少なくともこれで、最悪ではない。僕は現実の僕に言葉を伝えられる。

「ここは夢の中じゃない。そう変わらないけれど、やっぱり違う」

「なにを言っているんだ？」

「事情の説明はしない。言ってもどうせ、納得しない。とにかく相原大地という少年をみつけるんだ」

僕は必要なことを、一方的に告げる。大地が小学二年生だということ、よくはわからないけれど家庭環境に問題があるようだということ。それから、彼の住所。夜道で初めて大地に会った時に訊《き》いていたものだ。

「大地を守れ。絶対に」

現実の僕は眉《まゆ》を寄せる。

「どうして？　意味がわからない」

「真辺由宇が望んでいる」

僕は現実の僕の胸元に指を突きつける。

「いいか？　君の方から言うんだ。大地に会いに行こうって、彼女を誘うんだ」

「わけがわからない。事情を説明しろよ」

「言ってもどうせ、納得しないさ」

「どうしてわかるんだよ？」

「僕のことだ。わからないわけがないだろう」

本当は、わからない。僕には僕自身がわからない。

確かなことは、ひとつだけだ。声が感情的に上ずるのも構わずに、僕は言った。

「お前は、真辺を傷つけた」

この島に真辺が来たのだから、そういうことだ。七草は真辺由宇を傷つけた。こいつは、僕は、決して許されないことをした。

「自覚はあるか？」

尋ねながら、拳《こぶし》をにぎる。もし首を振ったら殴りつけるつもりだった。人を殴りたいと思ったのは、たぶん生まれて初めてだ。

彼はしばらく、じっと僕の方をみつめていた。

それから、ゆっくりと頷いた。

「思い当る節はある」

言い方が気に入らない。僕は彼の胸元をつかむ。

「二度と同じ失敗をするな」

小さな声で、彼は笑う。

「僕の言葉だとは思えない」

「ああ、まったくだよ。僕に似合わないことを言わせるな。これじゃ、なんのために僕が捨てられたのかわからない」

言いたいことは、これだけだった。

僕は彼に向かって、もう一度大地の名前と住所を繰り返す。あとはもう祈ることしかできない。ここから先は僕が関わることじゃない。現実に戻った真辺由宇と、現実の七草が、上手くやると信じるしかない。

彼の胸元から手を放す。そのまま背を向けて、階段を下りてしまうつもりだった。

でも、そうする前に彼が言った。

「なんとなくわかったよ。君は、僕が切り捨てた僕か」

「覚えているのか？」

「魔女に会ったのは、覚えている。夏休みが終わるころだ」

「どうでもいいことだ」

「そうでもない。僕はもう、君ほどは自虐的《じぎやくてき》じゃないからね。多少は自分のことも考えるさ。どうして切り捨てたはずの僕が、僕の前に出てくるんだ？」

「知るかよ。魔女が魔法を使ったんだ。なんだって起こる」

「ま、そりゃそうか。それでどうして、君はそんなに怒っているんだ？」

「どうして、だって？」

決まっているだろう。僕を苛立《いらだ》たせるものなんて、世界にひとつだけしかない。

「真辺由宇も、魔女に会った」

　そう告げると、さすがに現実の僕も表情を消した。

「それで？」

「僕が余計な厄介事を背負い込むことになった。珍しくずいぶん動き回ったよ。でも、彼女は明日の朝には元に戻っているはずだ」

　きっと真辺も今、同じように現実の真辺に出会っているはずだ。理想主義を捨てて成長した真辺なんてものは、想像もできないけれど、きっと問題ない。彼女には相原大地という魔法の呪文《じゅもん》がある。少しくらい欠けたところで、あの真辺が、小学二年生の少年を見捨てるほど変わり果てるとは思えない。間違いなく真辺は、かつての自分を取り戻すはずだ。

　なのに現実の僕は首を傾げる。

「そう上手く行くかな？」

「どういうことだ？」

「知らないよ。でも、僕の計画は上手くいった例《ためし》がないから」

　言葉に詰まる。

　なにか反論しようとして、でも口を開けない。

　困惑していた。僕はいつだって、失敗を前提に計画を立てる。僕の思い通りに事が進むはずなんてないのだと考えている。

なのに、なぜだろう。今だけは、失敗する可能性を上手く想像できない。

現実の僕は、さも面白そうに笑う。

「ずいぶん意外そうな顔じゃないか」

まったくだ。

どうして僕は、すべて上手くいくと信じていられるのだろう？

「本当にわからないのか？」

「ああ。わからない」

まったく、わからない。

「簡単な話だよ。つまり君にとっては、すべて予定通りに進むのが失敗だってことだ。君の隣から真辺がいなくなることが悲しくて仕方がないから、そうなると素直に信じられるんだ」

君は自覚もなく幸せを諦めてしまえるほどの悲観主義者なんだよ、と現実の僕は言った。

――本当に？

上手く、整理できない。

彼の言っていることは、まったく間違っているのだと思った。でも一方で、すべて真実のような気もしていた。

――どうでも、いいことだ。

そんなの、どっちでもいい。僕のことなんて、僕は興味がない。胸が痛い。けれど僕の痛みなんて、知ったことじゃない。

現実の僕は、笑顔をひっこめた。

「君自身はどうなんだ？」

「え？」

「僕に捨てられて、君はどう思っている？」

「別に、普通だよ」

「普通って？」

「それなりに生きてる。これまでと同じように」

それほど深くはない人間関係を築き、大きな幸せも不幸せもなく生きている。真辺由宇がいなければ、僕の日常は平穏だ。

「それはよかった」

と現実の僕は言った。

彼の目がこちらを見下しているようで、それがなんだか気に入らなかった。

「ああ、でもひとつだけ、変化があった」

なぜそんな嘘《うそ》をつく気になったのか、よくわからない。

それは現実の僕へのささやかな嫌がらせだったのかもしれないし、自分のための意味のない強がりだったのかもしれない。

「僕はほんの少しだけ、僕のことが好きになったよ」

なんにせよ、嘘だとしても、ほんの数秒前まで思いつきもしなかったセリフだ。あるいは僕も階段島で、なにかが変わったのかもしれない。相変わらずネガティブなままだとしても、ほんの少しだけ、ささやかな何かが。救いであれ、そうではないものであれ、すべてはきっと階段でみつかる。

僕はさよならも言わずに彼に背を向ける。

それから、彼の困ったような、戸惑ったような情けない顔を思い出して、少しだけ笑った。

＊＊＊

気がつくと僕は、学校の校舎裏にいた。

狭い階段に座り込んでいる。どうやら眠っていたようだ。いつ眠ってしまったのか、よく思い出せなかった。だけど今は、そんなことにいちいち驚く気にもなれない。

僕はこの階段で、どれほど過ごしたのだろう？　空を見上げると、いつの間にか晴れ渡っていた。大きな月の浮かんだ、無数の星が輝く夜空。階段島ではありふれた、それでも劇的な夜だった。この島には捨てられた人間ばかりが暮らしている。真辺由宇はもういない。それでも晴れた夜には、圧倒的な星々が輝く。

僕にはやっぱり、ピストルスターはみつけられない。視界の中にその星があるのかもわからない。とても疲れていたし、空腹でもあった。おまけに今夜はずいぶん寒い。

それでも立ち上がる気になれなくて、僕は星空を眺めて過ごす。ここではないどこかにいる、現実の僕に勝負を挑むような気持ちだった。

――真辺由宇が階段島からいなくなることが、僕にとっての失敗だって？

そんなわけがない、と信じたかった。

これが確かに僕の求めたもので、精一杯の幸福な結末だ。だって、ほら、今夜の星空はこんなにも綺麗《きれい》だ。だけど僕の胸にはまだ生々しい痛みが残っていて、それでなにもわからなくなる。

階段島の夜は静かだ。

でも先ほどまでに比べると、いくぶん騒々しいようだった。草むらではまだ秋の虫が鳴いている。風が木々を揺らす音も聞こえる。そのひとつひとつにリアリティがあった。ここが僕にとっての現実なのだ。階段島がどんな場所だったとしても、僕たちがどれほど悲劇的な成り行きでここに訪れたのだとしても、ここが僕たちの居場所なのだ。きっと僕はもう、階段をのぼることもない。

階段島は、少なくとも不幸からは遠い場所にある。

ここにだってそれなりの日常があり、それなりの恋愛や友情があり、それなりの幸せがある。真辺由宇がいなくても、生きていく上で必要なものは、一通り揃《そろ》っている。だから、そうだ。僕は幸せだと言い張ることだってできる。

冬の匂《にお》いを帯びつつある空気が、ゆっくりと体温を奪っていく。何度か身震いして、僕はそれを自覚する。我慢できないほどではなかった。でも、無理に我慢する必要も感じなかった。僕は勝手に始めた勝負を勝手に打ち切って、階段から立ち上がる。

明日には、落書きを消さなければならない。跡形なく落とせるだろうか。上手《うま》い方法があるかもしれないから、今夜のうちに調べてみよう。

音のないグラウンドに向かって、足を踏み出した。そのときだった。

彼女の声が聞こえた。

「七草」

思わず口元がほころんで、納得する。

やっぱり僕は、勝負に負けたようだった。

＊

「びっくりしたよ。もうひとり私がいたの」

と真辺由宇は言った。

彼女はまるで星空みたいな、大げさな笑みを浮かべていた。

「あれが私を捨てた私なんでしょうね。こっちが言いたいことをなかなかわかってくれないから、ちょっと困ったよ。言っておかなくちゃいけないことがずいぶんたくさんあったんだけど、ちゃんと理解したかな。七草ほど記憶力がよくないから、メモを取らせればよかった。ともかく七草に置いていかれないように、私は長い話を慌《あわ》てて済ませてきたんだよ。ぎりぎりだったけど、間に合ってよかった」

真辺はそれだけ喋《しゃべ》り終えると、安心したように息を吐き出した。彼女の声は普段よりも少し大きくて、普段よりも少し抑揚がついていた。時間に追われているようでも、混乱しているようでもあった。

僕にはなにが起こっているのか、上手く飲み込めなかった。どうして真辺が僕の目の前にいて、僕に語りかけているのか、順番に説明して欲しかった。

どうにか、ひとつだけ反論する。

「僕が君を置いていったことなんてないはずだ」

彼女はほんのわずかに首を傾げる。

「私はいつも、きみに置いていかれないように急いでいるんだけど」

「いつだってまず走り出すのは真辺で、それを追いかけるのが僕だろう?」

「そうかな。でも、今だってひとりで帰ろうとしてたじゃない」

「それは――」

君にはもう会えないと思ったから。

僕はため息をつく。

「一体どうして、君がここにいるんだ?」

「約束したじゃない。また会おうって」

「僕は同意していない」

「うん。勝手に決めた。私が決めた約束を、私が守ったんだから問題ないでしょ」

「大地のことはどうするんだよ」

「幸せにするよ。もちろん。でも七草を放っておくのも嫌だし」

「優先順位を考えろよ」

「どっちが先って問題でもないと思うけど。大丈夫だよ。もうひとりの私に会ったんだから」

彼女は笑っている。不敵に、平然と。

「私がふたりいたから、両方選べた。これでなんにも問題ないよ」

一瞬、なにも考えられなくなる。

でも冷静になってみれば、当然のことではあった。真辺由宇は理想主義者だ。一方を切り捨てるような考え方は好まない。両方選べるなら、両方選ぶ。どうしてそんなことに気づかなかったのだろう。僕は、僕の幸福を想像するのが苦手だ。

思わず、ため息をつく。

「それで君は現実の大地のことを、ぜんぶ現実の君に押しつけてきたのか？」

「うん。相手は私だし、向こうにも七草がいるみたいだし。せっかくふたりになってるんだから、またひとりに戻る必要もないでしょ」

私は向こうの準備が整うまで、こっちで大地を見守る係だよ、と真辺は言った。

僕は額を押さえる。確かにその結論が最適解のように思えたのだ。彼女をこの島から追い出そうとしていた、僕の願望を別にすれば。

真辺はふいに、笑顔をひっこめる。

「七草は、私が戻ってこない方が良かった？」

まったく、なんて質問だ。

彼女がいるといつだって、僕は余計な苦労を背負い込む。不幸と幸福が、まるで手を伸ばせば届きそうな場所まで迫ってくる。

仕方なく僕は首を振った。

「また会えて嬉《うれ》しいよ。もちろん」

どうしようもなく、嬉しい。彼女が欠けてしまうことへの恐怖さえ、忘れそうになるくらいに。

真辺は笑うだろうと思っていた。でも、そうはならなかった。彼女は生真面目《きまじめ》な瞳《ひとみ》でまっすぐにこちらをみたままだった。

「よかった。私には、どうしても許せないことがあるの。どうしても、ここに戻ってこないといけなかったの。物事に順序なんてつけたくはないけれど、それはたぶん、私にとっていちばん大切なことなの」

「なにが、許せないの？」

「きみと私のことだよ」

真辺が一歩、僕に近づく。

影の位置が変わり、月光の下で、彼女の頰がわずかに上気しているのに気づいた。

「私たちがそのまんまじゃ上手くやっていけないなんて、信じたくない。それじゃまるで今までは幸せじゃなかったみたいだもの。私は、現実の私たちが間違っているんだって証明する」

彼女の言葉がしばらく途切れて、それで世界が息をひそめた。

まるで宇宙の中心みたいに、月明かりが彼女だけを照らしていた。

彼女は頰を赤らめたまま、まっすぐに僕をみつめていた。ゆっくりと開いた口から漏れた声は、ずっと遠い星からどうにか僕の元まで届いたように、小さく、か細く、不安定に震えていた。

「だから、お願い。迷惑じゃなければ、手伝ってください」

それは二年前に聞いた、彼女の泣き声に似ていた。

でももちろん、まったくの別物だった。

真辺由宇が手を差し出して、僕はその手をつかむ。

この物語はどうしようもなく、彼女に出会った時から始まる。

本書は新潮文庫のために書き下ろされた。

イラスト　越島はぐ
デザイン　川谷康久（川谷デザイン）

いなくなれ、群青《ぐんじよう》

新潮文庫　こ－60－1

平成二十六年九月一日発行
平成二十八年二月十五日七刷

著者　河《こう》野《の》裕《ゆたか》
発行者　佐藤隆信
発行所　株式会社新潮社

郵便番号　一六二―八七一一
東京都新宿区矢来町七一
電話　編集部(〇三)三二六六―五四四〇
　　　読者係(〇三)三二六六―五一一一
http://www.shinchosha.co.jp

価格はカバーに表示してあります。

乱丁・落丁本は、ご面倒ですが小社読者係宛ご送付ください。送料小社負担にてお取替えいたします。

印刷・錦明印刷株式会社　製本・錦明印刷株式会社

© Yutaka Kono 2014　Printed in Japan

ISBN978-4-10-180004-2 C0193